MALTRATO Y LUJURIA

MALTRATO Y LUJURIA

MARÍA JESÚS MARTÍN SANZ

La novela negra:

MALTRATO Y LUJURIA,

tiene el mismo contenido que:

MAMÁ, QUÉ PINTOR HABRÁ

PINTADO LA LUNA?

(Autora): María Jesús Martin Sanz.

PRÓLOGO

Saltaba, saltaba, saltaba. La mujer saltaba. Del suelo subía a la silla, de la silla a la mesa, de la mesa al suelo. Una y otra vez, de forma obsesiva, la mujer saltaba. Del suelo a la silla, de la silla a la mesa, de la mesa al suelo. Cada vez que sus pies tocaban el piso de la cocina ponía más energía, más intensidad, y más violencia en cada salto. Profundamente concentrada, como si estuviera poseída y en ese acto le fuera la vida. En efecto, realmente de una vida se trataba, aunque no de la suya. De una vida no deseada.

La mujer estaba embarazada. Fue mi madre.

Gané yo.

DANIEL

PRIMERA PARTE

EVA - veintidós años.

Entro riendo en la habitación. Curiosa, me detengo un instante a contemplarla. Sus rojos cortinones de terciopelo, su mullida alfombra beige y, mis ojos, sin poder evitarlo, como si tuvieran un imán, se detienen sobre la gran cama con dosel que domina la suite nupcial. Sobre ella destaca, blanco sobre rojo, mi conjunto de noche.

— ¡Dios mío! ¡Qué cansado resulta casarse! — digo entre risas.

—Sí. Es una pantomima de lo más irritante y aburrida—contesta Javier con cara de hastío.

Le miro extrañada por el comentario tan poco delicado.

—Javier, cambia esa cara por favor, digo conciliadora mientras le acaricio la mejilla.

Por toda respuesta hace un gesto desagradable con la boca, a la vez que se aproxima a la superficie de un aparador donde hay varias botellas de bebidas alcohólicas y una cubitera con su correspondiente hielo. A su lado, una bandeja adornada con mucho gusto, nos ofrece agua, champán y frutas variadas.

—Te agradezco que hayas accedido, por respeto a mis padres, a celebrar una boda menos íntima y más aparatosa de lo normal, pero la combinación de hija única y compromisos sociales es muy eficaz, digo mientras le miro con cariño.

Con picardía, antes de que Javier los vea, llevo el camisón y su salto de cama haciendo juego, al cuarto de baño.

Bueno, basta de tanta cháchara y quítate ese estúpido vestido.

— ¿Qué te pasa Javier? Le miro alarmada.

—Nada especial— quítate eso, repite.

 Mi hermoso traje de boda, es analizado con sorna, mientras se sirve una copa de champaña, obsequio del hotel.

No quiero insistir. Comenzar nuestro recién estrenado matrimonio con una discusión no es lo imaginado, por mí, para mi noche de bodas.

Me voy nuevamente al cuarto de baño de la habitación y doy comienzo a la tarea de desnudarme.

 A pesar de sentirme disgustada por la extraña actitud de Javier, la ilusión de salir de allí y ser vista por él, con mi precioso y atrevido, camisón y salto de cama blanco, me brinca en el pecho.

 Los diminutos botones que recorren toda la espalda del traje, unidos a mis nervios, no hacen nada fácil la tarea. Iba a salir para pedir que me ayude a desabrocharme, pero no hace falta. La puerta casi me golpea en la cara.

— ¡Quieres dejar de comportarte como una mojigata! —. Truena su voz al entrar.

—No estoy tardando deliberadamente. Los botones… A pesar del susto, mientras, instintivamente, reculo en el pequeño espacio del cuarto de baño, le contesto.

—Vas a ver que fácilmente se desabrocha–. Con una mueca rara en los labios, me hace dar bruscamente la vuelta y metiendo las manos por ambos lados del escote del cuello, desgarra el vestido hasta más abajo de la cintura.
— ¿Ves que poco tardo yo en desvestirte?

Su voz suena ronca y sofocada cuando advierte con furia: Espero que seas virgen. De lo contrario… amenaza.

A tirones me despoja de los restos de mi traje de novia y a empujones me derriba sobre una cama donde, hace solo un momento, pienso que voy a ser iniciada en las voluptuosidades del amor y en cambio soy violada; supongo que no por última vez.

Al día siguiente me saca del sopor o sueño superficial en el que entro, por pura desesperación, entre los dolores mí de cuerpo, sobre todo del interior de mis entrañas, convertidas en puro fuego, un desconocido de nombre Javier, que me repite, una y otra vez, cuanto me quiere, lo mucho que me necesita, pero, entre todas, una palabra rebota en mi cabeza por absurda: perdón… perdón… perdón…

JAVIER — treinta y tres años.
Cuatro años después del final de la guerra civil española.

Sí, siempre soy un hombre con un dominio absoluto de las situaciones. De ningún modo dejo que éstas me sobrepasen. Ni hombres, ni mujeres, ni circunstancias adversas, pueden hacerme perder el control nunca. Mi vida está siempre perfectamente dominada para que nada se vuelva contra mí. Mi mente, un engranaje perfectamente engrasado, trabaja a mi servicio de forma eficaz. No hay fisuras ni fallos y, por supuesto, jamás dejo que las emociones formen parte de ella.

Los sentimientos solo son escollos, obstáculos para imbéciles, que creen en cosas como el amor, la familia, la amistad, la religión y, el colmo, la patria.

¡Qué desastre! Por si fuera poco, tengo, por enésima vez, el coche estropeado. Me deja de peatón, cuando peor me viene, lo que me cabrea cantidad, aunque bien mirado tiene alguna ventajilla que otra. Me permite mirar con más detalle a las tías. Mira esa que viene de frente, un poco madurita, pero aún con su aquel. La que es una monada es la hija, y anda que no se pone colorada, la mamá de la nena, cuando les suelto eso de: "señora Vd. vaya con Dios y su hija conmigo". Seguro que si lo digo al revés no se cabrea. Las hay idiotas.

Oye, mira que bombón va por ahí suelto. Que culito y qué piernas. Me toca andar más rápido si quiero echar un vistazo a la delantera, pero creo que puede valer la pena. ¡Lo sabía! La pechera es de lujo y la muy puta lo sabe. Mira cómo las pinzas la realzan el pecho y cómo la muy asquerosa lleva el botón superior desabrochado. No es que se la vea nada, por desgracia, pero, insinuar, insinúa, que es peor. Esta, si quiero, se me abre de piernas en cinco minutos, y no es que tenga pinta de furcia, no, pero las que no lo parecen son las peores. Fíjate como se peina a la última moda. Seguro que es de las que se acuesta con esos rulos enormes y redecilla todas las noches para llamar la atención durante el día. No le falta detalle, como ese pañuelo envolviendo el cuello. Así lo llevan ahora todas, pero a esta le sienta bien, la verdad. Tiene clase.

Se ha fijado. Se ha dado cuenta de que la miro. Aumenta el paso, pero en dos zancadas me pongo a su lado. No le digo nada, prefiero aprovechar la oportunidad de observar detalladamente a la zorrita. Lo hago a conciencia. Vista de perfil la blusa y la falda tubo la sientan de órdago. La muy cerda está buenísima; lo sabe y saca provecho de ello. De momento no se inmuta, debe estar acostumbrada a que la miren y a que la piropeen.

Lo que si le empieza a resultar extraño es que un desconocido empareje sus pasos con los suyos, se acerque tanto, aunque ella intente evitarlo y.... calle. Vuelve a mirarme y, esta vez, aprovecho para pasarme lentamente la lengua por los labios.

Hecha a correr asustada. Lástima; es una buena pieza.

Es un cretino, el muy cabrón. ¡Pues no se cree su papel!

Mi queridísimo socio dice que voy bajo en ventas, sobre todo en la zona centro, que es, precisamente, la más fácil. Que necesito, en comparación con los otros agentes comerciales, pasar más días al mes en mis zonas de provincias para terminar vendiendo la misma cantidad de siempre. Que ni aumento las ventas ni abro nueva cartera de clientes. Pues no se pone a decir el muy gilipollas que estoy subiendo mucho mis gastos entre desplazamientos, comidas y hacer noches fuera. ¡Ya lo sé! Pero de eso, tengo que reconocer, que no tiene el solo la culpa. Mientras tenga, en el negocio, imbéciles chupa pelotas, como Juan o Miguel, que hacen un montón de kilómetros en un día, según están las carreteras en ésta mierda de país, porque aseguran que les gusta dormir en su casa con la parienta y los críos, quien le va a convencer de lo contrario. ¡De locos! Como si lo que les espera en casa valiera gran cosa. Menudos coñazos de mujeres tienen. En ese aspecto no se salva ni uno.

De saber el muy descerebrado, que nado en oro, y que, si tengo ésta pequeña empresa en la que está como socio y gerente, y en la que yo solo trabajo como representante, eso sí, de una zona pequeña y muy delimitada por mí, es única y exclusivamente por permanecer a la sombra todo lo posible. Es más, incluso figura como apoderado con plenos derechos. A él le deslumbra ser el figurón ¡Pues que lo sea!

Uno de mis mayores alicientes es que me encanta comer fuera de casa; he de reconocerlo. No es que exija manjares, ahora mismo ni existen tras la asquerosa guerra, en ésta tierra dejada de todas las manos, pero si lo típico del lugar, que les sale como a Dios. Vamos, que mis empleados les ponen pegas a unas migas, un pisto manchego o unas alubias de donde sean. ¡Por no hablar de sus quesos y sus orujos que ¡joder! son la leche. Me tomo dos o tres, una buena siesta y me quedo redondo. Me va a tocar prescindir de ella para "abaratar costos", pero esta me la van a pagar entre todos. Si no fuera, precisamente, por lo que me gusta viajar fuera de Madrid y por mantener la fachada intacta, mandaba el trabajo a la mierda y daba unas manitas de leches a más de uno. Sobre todo, a uno.

Por si fuera poco, pongo de mi bolsillo gran parte de lo que me cuesta comer, sin su conocimiento. ¡Y encima el muy capullo se queja! Tampoco Eva, mi amada esposa sabe nada de mis dispendios.

Cuando en un principio sopeso la posibilidad de encontrar un trabajo a la medida de mi extensa preparación universitaria y autodidacta, hay varias cosas que me contienen y que más tarde me hacen desistir. La principal, la falta de trabajo. O los inventas o sencillamente no existen empleos y, además, para trabajar a cuenta de otros necesito, tal como están las cosas, presentar muchos papeles y no estoy, casi desde niño, intentando dejar un mínimo rastro, para estropearlo todo ahora. Por otra parte, aislarme en un despacho, después de tantos años de estar, por voluntad propia, encerrado como un ratón de biblioteca, comiéndome los libros, es excesivo; incluso para mí. Esa avidez de cultura que, durante tantos años, me posee, se va reduciendo, aunque solo en parte, porque aprender forma parte innata de mi ser. Lo curioso es que, después de transcurrido el tiempo y lo observo todo en su conjunto, con cierta perspectiva, me doy cuenta de que, lo que mi yo más íntimo siempre ansía, no es poseer títulos que colgar de las paredes, sino saber.

Sigo cultivando mi mente, eso soy incapaz de dejar de hacerlo, pero mi autentica meta es tener una amplitud de conocimientos alcanzada por muy pocos. Conseguir eso me da una confianza y seguridad en mí mismo increíble. Puedo apabullar a las mentes más brillantes, en cualquier ocasión y en todo tipo de conversaciones, siempre que lo deseo. Si no lo hago, salvo en contadas ocasiones, es por no destacar ni llamar la atención. Una gran contradicción con mi verdadera forma de ser, pero lo haré, vaya si lo haré. Ni siquiera Eva, estando casada conmigo, sabe que, entre otras muchas cosas, domino varios idiomas y que mis aptitudes no se limitan al campo intelectual, sino que también soy muy bueno en diversos deportes: natación, alpinismo, equitación y alguno más. Único requisito: practicarlos sin compañía. El equipo me gusta formarle con mi propia sombra. Con respecto a Eva, mi mujercita, debo esperar a que llegue el momento oportuno de informarla.

Por otra parte, la endemoniada guerra, me priva de unos preciosos años de vida dedicados única y exclusivamente a sobrevivir a tamaña estupidez, aunque luego me compensa con una agradable sorpresa.

La realidad es que me queda muy poco, unos meses, para salir a la superficie. Para enseñar mi verdadero yo. Atar los últimos cabos con respecto a Eva y después la libertad.

JORGE — treinta y un años.

Madrid en primavera huele a hembra en celo. Los infinitos tonos del más puro color azul, proporcionan luces y sombras, tan intensas, que todo parece dibujado bajo su manto.

Me puedo permitir el lujo de vivir en una de las calles más bonitas de la ciudad. Desde mis ventanas tengo dos perspectivas absolutamente opuestas: unos ventanales dan a la sierra de Guadarrama y otros a los edificios de enfrente, con sus habitantes confinados entre los ladrillos de sus casas. Pequeños y grandes cascarones donde habitamos nosotros y nuestros sueños. Sé que, incluso en el pensamiento, suena cursi, pero para mí, son envoltorios en donde, generalmente, transcurren nuestras vidas.

Llevo poco tiempo en España: aún tengo que terminar de resolver temas relacionados con la herencia de mis padres y poner, todo el caos existente en las diversas propiedades de éstos, tras la guerra civil, en orden.

Estoy contento de residir en Madrid y de hacerlo donde lo hago. En ésta época del año, todo sabe a renovación y a savia reverdecida, que se puede beber a sorbos, como la más deliciosa de las bebidas, y subirse a la cabeza envuelta en burbujas. Siento su tirón dentro de mí y disfruto recorriendo sus calles.

Utilizo gran parte de mi tiempo libre en gozar de las callejas del Madrid de los Austrias. La Gran Vía continúa tal como la recuerdo, con sus terrazas, a donde, en general, la gente va a mirar y a que la miren. No soy idiota y también veo las huellas, ya reparadas, de los obuses; sobre todo en los alrededores del edificio de la Telefónica y calles aledañas a la Puerta del Sol. Pero eso forma ya parte de nuestra Historia, en mayúsculas, y no soy de los que se recrean con el pasado. Lo vivido, vivido y lo pasado, pasado. No sirve dar marcha atrás.

Hoy a la hora bruja de la caída de la tarde, con sus tintes amarillentos, veo llegar, con su larga vara encapuchada, al encargado de encender el gas de las farolas de nuestra calle. Esta figura tan familiar, va a desaparecer pronto, gracias a la electricidad, y al próximo alumbrado público de las principales vías madrileñas; pero de momento, aún existe y, como todos los días, se para a charlar con los porteros de las casas. Estos, a partir de ahora, con la llegada del buen tiempo pasarán muchas más horas, en las puertas de los edificios, en lugar de en sus garitas, hilvanando la hebra con todo el que se deje.

Dentro de poco, cuando el farolero termine su labor, será el sereno el que haga acto de presencia con su chuzo y sus peculiares gritos de: "Allá voy".

Después de residir, en varios países extranjeros, durante estos últimos años, encontrarme con las costumbres propias de mi ciudad, me resulta muy agradable. No consigo evitar que cosas tan sencillas como escuchar su voz, al llegar la medianoche decir: "las doce y sereno" me parezcan tan simpáticas.

Su anuncio me avisa de que debo apagar la luz de la mesilla de noche y dejar de leer. Múltiples rutinas que conforman el comportamiento de nuestra ciudad y la de las personas que queremos echar raíces en ella.

Me considero distinto y no tengo nada claro, si por suerte o desgracia, pero lo soy. No quiero pecar de cínico, así que estoy seguro, de que por suerte. Mi posición social, y sobre todo económica, me hace diferente a la gran mayoría de las personas.

Mis vecinos de enfrente viven en pisos. Más grandes o pequeños, pero no dejan de ser, espacios mínimos, comparados con mi casa: toda la planta superior del edificio es para n mí solo, salvo la zona destinada a Carmen y a su marido, que son personas a las que conozco desde niño, a las que quiero y en las que confío. También disfruto de una enorme azotea, situada sobre la vivienda, de las mismas dimensiones que ésta, ajardinada.

Miro los objetos esparcidos por el enorme salón de mi casa y me recreo en la contemplación de cuadros, jarrones, arquetas y estatuas; auténticas obras de arte dignas de estar en un museo. Procuro evitar eso, no quiero vivir en una casa palacio, me provocaría agobio, por lo que mezclo muebles de diseño más frágil, menos pesados y más actuales, y tapicerías más gráciles, para dar un aire más liviano al conjunto.

Muchas de las joyas que poseo me han visto nacer, o, mejor dicho, las recuerdo desde que nací, y no me veo prescindiendo de ellas, por la belleza que emanan. Cada pieza me cuenta su historia y la del antepasado del que proviene. Me gusta pensar que, algún día, mis descendientes, han de ver con cariño mi legado y admirar con placer las adquisiciones que yo hago para ampliar mi herencia. Creo que forma parte de mi obligación, cuidar con esmero de todo lo que otros me transmiten, a través de varias generaciones, y no detener la compra de nuevos hallazgos que amplíen las colecciones.

En su momento no puedo evitar dudar a la hora de comprar ésta vivienda. Titubeo entre comprar, para residir, un chalet o un edificio de pisos. Es mi trabajo y, donde me conviene más su ubicación, lo que al final inclina la balanza hacía una vivienda más convencional. Todo lo convencional que puede ser una vivienda de éste tamaño.

Me atraen las personas y un chalet puede resultar siendo agobiante para mí solo.
También ¡cómo no! influye mi vicio secreto:

Disfruto con la ingenua observación, a través de las cortinas abiertas y las ventanas descorridas, del devenir cotidiano de los demás.

Por un instante me convierto en la anciana que, por enésima vez, pone la manta sobre las rodillas del marido o en la madre que persigue a un pequeñajo, alrededor de la mesa de la cocina, con ánimo de sacudirle un azote en el culo, y que poco después reaparece, achuchándole y comiéndoselo a besos. También me veo reflejado en el muchachito, aún imberbe, que se estudia detalladamente en el espejo del dormitorio de sus padres, y se quita espinillas, mientras mueve con desaliento la cabeza.

No soy un voyeur. No trato de disculparme a mí mismo, pero mi indiscreción es inocente. No intento ver lo que esa palabra francesa implica, sino a mis semejantes en los actos cotidianos e intranscendentes, (eso opina la mayoría de la gente, no yo), del día a día.

Por eso me distraigo jugando a transformarme en otras personas. Con hogares sencillos y vidas aparentemente sencillas.

Lo que ignoro es que mi interés por los demás está a punto de sufrir un cambio radical, pero en este instante, en que mi mente divaga placenteramente por senderos habituales, aún no lo sé.

Las existencias tristes, bulliciosas, alegres; tan iguales, tan diferentes, van a pasar totalmente a un segundo plano a partir de ahora mismo.

Tomo, saboreándolo, el último sorbo del vino, que, siguiendo el ritual de todos los días, Carmen, la niñera que me cuida desde mi primer instante de vida, me prepara antes de la cena. ¡Qué forma de mimarme con casi treinta y un años!

Me pongo en pie, me estiro sin reparos, relajo cuerpo y mente del agitado día pasado y, a través de mi ventanal, sorprendo una escena, divertida en un principio, impactante después.

Y lo más importante: la descubro… *a ella.*

Seguramente la casa ha estado vacía hasta ahora, ya que, inicialmente, lo que llama mi atención es advertir todas las luces dadas. Un mínimo tramo del pasillo de entrada, parte de una habitación, posiblemente el comedor o un dormitorio, y el salón, son perfectamente visibles desde donde yo me encuentro situado. No hay un solo mueble por ningún sitio, salvo una escalera pegada a la ventana de la pieza más pequeña y, lo realmente importante: *ella.*

Es la primera vez que la veo, aunque, por lo que observo después, por la forma de moverse por las dos habitaciones que dan a las ventanas y terrazas de mi vivienda, se nota que ha estado allí en otras ocasiones.

Lo primero que diviso de su persona son unas piernas maravillosas; el borde de una amplia falda de un suave azul claro, sus pies descalzos y que está subida a una escalera. Al bajar de ésta, observo que lleva una cinta métrica en las manos, por lo que obviamente deduzco, sin necesidad de ser muy inteligente, que está tomando medidas para las futuras cortinas. Cuando llega a su salón, sus grandes ventanales me permiten observarla con total comodidad. De todas formas y como si eso me acercase mucho a ella, me estiro aún más, y acerco mi cara al cristal. Para mayor exactitud, debo decir, aplasto literalmente la nariz en él.

Su cuerpo es precioso; posee un diminuto talle digno de admiración, pero lo que más me llama la atención, en éste momento, es su cuello. Nunca he visto algo tan hermoso. Me recuerda el famoso busto de Nefertiti en movimiento. La melena es larga, lisa y negra, como la de una mujer oriental, y lo lleva recogido en la nuca con una cola de caballo. Su cara no llego a divisarla con claridad, pero, a pesar de la distancia, intuyo que es bonita o puede que solo lo desee.

Cinta en ristre mide muebles que solo se encuentran, por ahora, en su imaginación o en las tiendas de muebles, esperando su compra, y pasea por la casa de habitación en habitación.

Cuando, con su ir y venir, la pierdo de vista, deseo con ansiedad su vuelta. Va de nuevo a una habitación interior con la escalera; vuelve con ella, se sube en un lado de la sala y, otra vez, solo puedo ver sus piernas. Cuando termina, quita ésta de en medio y, volviendo al salón, se pone en el centro de éste, gira lentamente sobre sí misma para abarcarlo totalmente con la mirada y… me subyuga.

Con el rápido movimiento de una mano se quita lo que sujeta su cabello, para dejarlo en libertad, y comienza a deslizarse despacio sobre sí misma.

Lo que empieza con esas inocentes vueltas, termina siendo un baile improvisado para un solo espectador inadvertido: yo.

Según el baile gana en intensidad, el largo pelo se derrama por su espalda, y baila con ella, al mismo ritmo, con el mismo ímpetu que impone a su cuerpo y la música de su mente, pareciendo cobrar vida propia.

Una danza sin sonido para mí, descalza, con su vestido azul pálido, casi blanco, al que la falda de mucho vuelo potencia y con giros endiablados, algo salvaje y tremendamente sensual, la lleva, al terminar, a caer al suelo exhausta, pero con una sonrisa en los labios.

Se levanta, mira de nuevo alrededor, buscando algo: sus zapatos. Se los pone… y se va.
Cierto. Robo su intimidad, pero estoy pagando caro mi error. Pocas veces me he sentido así, con esa sensación de soledad no deseada y de vacío interior.

Tengo la más absoluta seguridad de que es en ese momento tan íntimo, tan especial, cuando me enamoro de su cuerpo y de lo que aquel baile deja translucir de su alma.

Me veo obligado a realizar unos cambios en el salón y estoy creando un rincón especial de lectura. Es incoherente para todos los que le conocen menos para mí. Está prácticamente de espaldas a los dos grandes ventanales que dan a su edificio. Teniendo tanto espacio, las personas que conocían esa habitación anteriormente, no entienden una transformación que, de alguna forma, quita vistas al exterior.

No puedo, no debo mirar a la casa de ella. Solo sirve para hacerme daño. Ella, Eva, (ya sé cómo se llama), ni siquiera conoce mí existencia y así debe seguir todo.

Por supuesto sé más cosas además de su nombre. Disfruta ahora mismo de su viaje de novios. *Está casada.*

JAVIER — infancia.

Me gusta estudiar. Y sí, lo hago, pese a al frío que se cuela por todos los resquicios de la habitación que nos sirve de aula. Ni los mitones, ni la estufilla con brasas de la cocina que me prepara mi madre, si mi padre no se encuentra, en ese momento, en casa, sirven de mucho. Calientan los pies al precio de provocar sabañones, pero es mejor que nada.

Los otros chicos se ríen de mí cuando, en clase, el profesor, que brega con las más de veinte fieras, de todas las edades, que nos reunimos en poco más que un cobertizo abierto a todas las inclemencias del tiempo, me pregunta, y una vez más, la respuesta correcta salta de mis labios como una bala. Mis motes son conocidos hasta en los pueblos vecinos, pero las cosas no se hubiesen transformado, para mí, si no llega a ser por La Santa Iglesia Católica Romana.

Pese a la república o gracias a ella, cuando el Sr. obispo llega a dar la confirmación vienen niños y familiares de toda la comarca. Tras la celebración eclesiástica, en el interior de la iglesia, se instala al Sr. Obispo, a sus acólitos, y a los mandatarios del pueblo sobre una tarima, y se sirve un excelente desayuno en la plaza, bajo el pórtico de la iglesia. Todo el pueblo es una fiesta y las mejores galas están fuera de baúles y armarios. El dominio de los trajes negros y las mantillas, muchas con generaciones de antigüedad, es aplastante y tema de conversación, una vez más, entre las mujeres.

Me instalo tranquilamente en un murete bajo, a la sombra de una morera, y observo el espectáculo que se desarrolla a mi alrededor, sin pasarme por el caletre formar parte de él, cuando al memo de su excelencia: el señor obispo, no se le ocurre otra cosa qué, señalarme y, de forma bien audible para todo el mundo, o sea, casi a gritos, decir:

— ¡Eh, empollón! Ven aquí. Demuéstrame que es verdad que sabes tanto.

El maestro, que un momento antes, habla con el prelado con cierta expresión de orgullo, ahora dibuja en su rostro una mueca de disgusto que se apresura a enmascarar.

Voy, hablo y demuestro que efectivamente, con tan solo once años y tal como asegura mi profesor, mi nivel de conocimientos es muy superior al de todos mis compañeros... juntos.

Quizás intuyo una oportunidad o es solo un enorme absceso de soberbia por mi parte, pero una vez comienzo a contestar, hablo sin parar, mientras me escucho a mí mismo con enorme regodeo, y puedo confirmar ante un asombrado auditorio, que es cierto, que es un enorme placer, pese a mi edad, tener un libro entre las manos, indiferentemente del tema que trate, y que mi mayor ambición estriba en estudiar, estudiar y estudiar... y poder hacerlo de forma oficial, por los cauces correctos.

Esto último lo se lo dejo bien claro al primero curioso, más tarde asombrado y, por último, divertido prelado que me escucha con atención.

Dos figuras contemplan la escena, relativamente cerca, lo suficientemente próximos como para enterarse de cada palabra que allí se está pronunciando: mis progenitores.

 Las expresiones de sus rostros no pueden ser más opuestas. La de mi madre resplandece de orgullo, la otra lanza miradas asesinas, a partes iguales, al Sr. Obispo y a mí, sobre todo, cuando este les hace acercarse y, a coro con el maestro, y ante todos sus paisanos recomienda, no, más bien exige, que tengo que ser enviado a Salamanca a sacar varios cursos antes de que termine el año escolar, que se ha iniciado un par de meses antes. Nos asegura que él, personalmente, se va a encargar de tramitar todo el asunto, salvo la parte económica, por supuesto.

«El problema, como siempre, es mi padre…»

«Tengo la mente espesa, el pasado me hostiga. Los recuerdos me persiguen y no me dejan vivir el momento. No sé qué me sucede, pero los fantasmas de otras épocas de mi existencia me acorralan, y estos no se dejan dominar.

La noche ha sido increíblemente mala, casi sin conseguir dormir y me duele la cabeza. Voy a tener que parar el coche en el primer sitio decente que se ponga a tiro, cenar, y acostarme lo antes posible a ver si se me pasa. Espero no tener otra pesadilla y menos con mi madre de protagonista. ¡Qué raro!, no dejaba de decirme uno de sus lemas favoritos: "Vive y deja vivir"; parece como si en el sueño presintiera…algo

Desde luego a mi madre yo no la quise, creo; eso está claro, sino no habría podido hacer… lo que hice; pero tengo que reconocer que gracias a ella la casa, la tienda, mi padre, con su brutalidad y su innata estupidez, y yo, sobre todo yo… funcionábamos.

Hay instantes en los que mis pensamientos me juegan una mala pasada y me hacen creer que nunca he querido de esa forma a nadie, y que, en el fondo, lo que nunca fui capaz de perdonarla fue, el que, valiendo tanto, se dejara pegar por mi padre.

Muchos hombres necesitan hacer de Pigmalión, y si no saben o no tienen nada que enseñar, se pueden volver peligrosos. Mi padre fue, siempre, muy inferior a mi madre en todo. No sé si eso explica algo.

Mi madre, tenía una adoración por mí, su único hijo, que ralla-ba lo perturbador, lo obsesivo. »

Recuerdo, casi literalmente, la conversación del último día; me-jor, la última noche, cuando ya todo está preparado para mi marcha:
— Daniel. Recuerda meter en la maleta los calcetines de lana que te acabo de hacer. Son gruesos y te van a venir muy bien con el frío que hace.

— Si, madre.

— Me tienes que escribir una vez a la semana, como mínimo. Voy a estar muy intranquila sin saber si estás bien atendido. No permitas que abusen de ti porque tengas once años.

La sucesión de la palabra no en sus frases es infinita.

— Dentro de dos meses cumplo doce — respondo indignado.

No me escucha. Sigue desmenuzando consejos como si estuvie-ra cosiéndolos con sus puntadas firmes y delicadas.

— Abrígate mucho…

— Si madre.

Desgrana sus recomendaciones una tras otra, casi sin respirar, como si no llevara una semana diciendo las mismas cosas una y otra vez.

La luz del candil mueve las sombras a su paso y castiga mis dolo-ridos ojos. No consigue parar quieta y revolotea a mí alrededor, hasta que no puede más y se sienta a mi lado.

— Sabes que sin ti me voy a encontrar muy sola y que tus cartas me harán compañía hasta tu regreso — dice.

Su mano acaricia mi pelo y yo vuelvo, instintivamente, la cabeza hacia el rellano de la escalera para ver si padre está subiendo.

— Madre, no ignoras que, si padre te ve haciendo eso, dirá que me estás convirtiendo en un maricón de mierda y lo pagaremos caro los dos.

— No seas mal hablado.

Lo dice por inercia, sin fuerza, obviamente pensando en otras cosas.

—No te preocupes— continua— Estará, como siempre, contando sus dineros y nos dejará un buen rato en paz. Además, no puedo evitarlo, te marchas durante muchos meses, tu padre no me va a dejar ir a verte a menudo, aunque no pienso dejar de intentarlo, y necesito mirarte para recordarte cuando estés lejos.

Estoy a punto de decirla que la distancia no va a ser tan grande, pero no tengo serenidad o cinismo para tanto. Hurtando su mirada, me dejo acariciar las manos, siempre mirando por el rabillo del ojo el vano de la escalera, y sin decir nada.
—Me ha costado tanto conseguir de tu padre el que te vayas a la capital a estudiar, que ahora que por fin te marchas no voy a ser yo quien te lo ponga difícil. Sé perfectamente que, en realidad, no ha sido mi deseo sobre la forma de plantear tu futuro lo que ha conseguido lograrlo, sino el hecho de que el hijo del boticario también se vaya, y que él, con más posibles...

— Madre, si usted no le amenaza con contar... — Cuando me quiero dar cuenta ya lo he dicho.

— ¿El qué? ¿Las palizas?

A pesar de ser, no solo testigo, sino también víctima de sus golpes, nunca mi madre ha reconocido ante mí, el maltrato al que estamos sometidos.

—Todo el pueblo lo sabe. Eso es algo de lo que, antes o después, todo el mundo se entera— musita.

La miro sorprendido.

— ¿Entonces? — comento.

— Es su infinita soberbia la que te deja libre.

Se queda muy quieta sin dejar de observarme y una lágrima cae sobre la mesa camilla donde estamos sentados. Me asusta verla llorar. Nunca. Nunca lo hace y no por falta de motivos.

— Siento no ser capaz de librarte de él, pero yo sola no puedo… Es una fuerza bruta desatada. No tiene límites.

Me cuesta oír lo que dice. Es solo un susurro, pero me hace rememorar tantas escenas… La recuerdo en la más habitual. Ella, en un rincón de la cocina, con mi padre dando cintajos con la correa del cinturón y yo protegido detrás de su cuerpo o resguardado, en la medida que puedo, bajo la mesa de la cocina.

— Déjame besarte y abrazarte antes de que suba— vuelve a murmurar con voz ronca.

Me graba en su retina con una larga mirada, estrecha mis hombros en un fuerte abrazo, me besa repetidamente y, con entrecortados susurros, me bendice.

Después ambos permanecemos callados, cada uno sumido en sus propias preocupaciones.

Yo no puedo dejar de pensar en la frase: *es su infinita soberbia la que te deja libre.*

Con sus palabras se termina de despejar cualquier duda que me pueda quedar. No tengo más remedio que hacerlo y por suerte, aún hay tiempo, mucho tiempo por delante.

No es el momento de pensar. Lo tengo todo meditado hasta la saciedad, cada paso, a partir de que mis padres se duerman; y lo fundamental: el clima, por suerte, acompaña mis planes.

Incluso la noche no puede ser más perfecta: exageradamente fría para la época del año en que estamos y con rachas de viento helado que dejan la piel roja, vapor en los labios, y mi alma seca.

EVA — infancia

La sonora carcajada brota espontanea de la boca de mis padres al escuchar semejante cursilada de mis labios. He de reconocer que esa calurosa noche del mes de agosto, tiene algo de mágico, con esa luna tan redonda, enorme, extraña en su aparente proximidad, o al menos a mí, en la pequeñez de los seis años, me lo parece.

Aprovechando la hermosura de un anochecer en que todo invita a estar fuera de casa, hemos extendido una manta en el exterior del porche y, tumbados los tres sobre ella, yo en el medio, por supuesto, contemplamos como la noche nos riega con una luz imposible y bella.

Yo, con la inocencia de mi corta edad, y pese a ella, extasiada contemplándola, vuelvo la cabeza hacía mi madre y digo:

— Mamá, ¿Qué pintor habrá pintado la Luna?

Tras la carcajada inicial advierto, en sus ojos, sorpresa, ante mi clara admiración por tanta belleza y, al instante, sin necesidad de reflexionar, comenta con naturalidad: Dios.

JAVIER — infancia.

«Siempre tropiezo con la misma piedra. La estupidez de mi padre y su tacañería son supinas.

Cuando mi madre insiste en la necesidad de darme una buena educación, él la da un sopapo o la manda callar o ambas cosas, con la sesuda reflexión de que para ganar dinero no se necesita leer libros y él, siempre él, es el mejor ejemplo. Sin casi saber leer, y a duras penas escribir, seguro que no le saca nadie en todo el pueblo una perra de más en sus "trapicheos". Así los denomina, tan orgulloso, y con una arrogancia absoluta, desafía a mi madre a encontrar en toda la comarca a alguien, que no sea ganadero, claro, con más dineros que los amasados por él.

Tiene una tremenda habilidad para conseguir artículos de necesidad, a bajo coste, que más tarde revende a precios muy superiores.

 Pero su gran talento se encuentra en el mundo de la usura. No hace tratos con sus paisanos, a los que desprecia por su capacidad de aguantar todas las desgracias que les venga encima, sin hacer nada, como asegura. El opera en los pueblos más importantes de las provincias y las capitales más cercanas, donde se reúne en cualquier bar o pensión de mala muerte, con los pobres incautos que caen en sus manos, a los que desangra vivos.

Es muy temido en la región, y no es extraño, ya que no duda en emplear la fuerza bruta si alguien le debe dinero.

Su otra gran destreza consiste en pegar palizas a mi madre. De sus somantas de palos, me consta que, a mí, solo me llegan las sobras.

Pese a todo reconozco que es un hombre guapo: más alto de lo normal, moreno, esbelto y algo no muy corriente en esa época de penurias, una dentadura perfecta y llamativamente blanca, que lamentablemente no enseña muy a menudo para sonreír. Es más: mal, muy mal, cuando la enseña. No es una sonrisa, es una mueca y mejor ponerse fuera de su alcance cuando la luce. Significa que esta rabioso. Como los perros.

Para variar, madre, físicamente es una mujer corriente, pero al contrario de mi padre tiene un montón de virtudes. Destaca su inteligencia y capacidad de sacrificio, pero sobre todo unas manos habilidosas capaces de hacer diabluras.

Curiosamente, su progenitora es de la opinión de "que las agujas pinchan por los dos lados", por lo que es su abuela la que le enseña a realizar toda clase de labores, algo obligado en esa época a cualquier niña, salvo que, a ella, lo que más la fascina, desde el primer momento, es el que unas líneas sobre un papel, o directamente sobre cualquier tela, convierta aquello, una vez cortado y cosido en una prenda de vestir.

Todo, como por arte de magia, gracias a su habilidad se transforma en algo agradable y útil.

La primera vez que la dejan, bajo supervisión, cortar un vestido para ella misma, queda fijado para siempre en su memoria. El tacto del género bajo sus manos; llevar sus medidas al papel para darle vida; sujetar los alfileres sobre la tela sin formar arrugas, y por fin, tomar las tijeras en su mano derecha y realizar el primer corte, la emociona de tal forma, que unas lágrimas caen sobre la pieza de algodón azul bebé. Así inicia su bautismo como costurera.

Logra ser una gran modista solicitada incluso en la capital de la comarca, pero es sanamente ambiciosa y no se queda contemplando orgullosa su ombligo. Las clientas, cada vez con mayor frecuencia, reclaman su asesoramiento, no solo del diseño, sino también de las telas y, lo que empieza como un favor especial para clientas especiales, termina siendo su principal fuente de ingresos; aunque no el favorito. Para ella, confeccionar prendas; en definitiva: elegir un modelo o inventarlo, pasarlo a la tela, cortar y coser, siempre fue su vicio secreto.

Su pena interna son los pocos desafíos y las limitaciones de ser simplemente una modista de pueblo, por importante que éste sea. No hay retos que superar, ni modelos de alta costura que realizar. Aunque con el tiempo, también esa limitación es superada, ocasionalmente, por señoras de la alta sociedad salmantina.

Cada cierto tiempo se traslada a Salamanca y recorre las tiendas de venta de telas, con las que, previamente, a principio de temporada, concierta la compra de retales. A pesar de la escasez de materias primas, y la bastedad y poca variación, propias de la época de penurias por la que pasa el país, siempre logra encontrar, aquí o allí, algunos metros de tejido con los que deslumbrar a sus clientas.

Incluso un telar le suministra, directamente, manufacturas apropiadas para la fabricación de colchas, cortinas, toallas y artículos textiles para la casa.

Lo siguiente es comprar la planta baja de la casa de unos ancianos que residen cerca de la Iglesia, para trasladar su pequeño negocio, lo más próximo posible al centro del pueblo, y crear el taller de costura, la tienda, atestada de todo tipo de tejidos y artículos de mercería y, una zona, dentro del comercio, donde confeccionar patrones para aquellas mujeres que no pueden permitirse el lujo de pagar a una modista, pero saben lo justo para coser una prenda una vez cortada.

Nunca logro entender como mi madre se pudo casar con semejante ser.

Es inconcebible comprender como una mujer tan inteligente como ella, se deja embaucar por un cabrón de tal magnitud. Eso confirma, una vez más, que, como dicen, el amor es ciego y estúpido.

Quizás, su exagerada dedicación al trabajo, no la deja ver que va camino de convertirse en una solterona y al darse cuenta, se agarra a un clavo ardiendo, que más tarde le abrasa las manos y las entrañas»

JAVIER — treinta y tres años.

Hoy me da Eva *la gran noticia*. Está embarazada de casi cuatro meses. La muy zorra tiene tanto miedo a contarme algo tan indeseado por mí que poco más y me entero cuando está de parto.

La bofetada me sale del alma y lo que siento es que rompo una de mis costumbres más arraigadas: *jamás la golpeo en la cara*.

— ¿Cómo puedes hacerme esto? Sabes perfectamente que los niños no entran en nuestro contrato matrimonial—Lo digo tremendamente alterado.

— He hecho todo lo posible por evitarlo, pero…

Susurra Eva con un hilo de voz, lamiendo la sangre de su labio inferior roto.

—Ya veo los enormes esfuerzos que has dedicado al tema.

Con las manos metidas en los pantalones, para no continuar golpeándola, doy media vuelta para irme, pero, sobre todo, lo hago para no ver sus ojos. En ellos, a lo largo del tiempo, he visto reflejadas todas las emociones posibles, amor, ternura, alegría, que se van convirtiendo, nada más casarnos, en odio y sobre todo miedo, un miedo que me resulta más excitante que una droga; pero por primera vez, descubro en ellos asco, una repugnancia profunda, abismal, que va dando paso a una chispa de valentía y resolución que termina por llenar toda su pupila.

— Tienes suerte de que no te pateo la barriga hasta hacerte echar a pedacitos a ese bastardo por la boca. Y, por cierto: hablando de boca, ponte un poco de hielo en ella si quieres poder salir de casa y ver a tus padres antes de quince días.

«Avanzo por el pasillo y salgo dando un portazo, pero en ese instante, el que tiene miedo soy yo»

JORGE — treinta y un años.

Al pasar cerca de un mercado de alimentación próximo a nuestros domicilios la veo.

Es instintivo, cuando me quiero dar cuenta ya estoy dentro de una carnicería… sin saber qué hago allí. Varias mujeres esperan su turno charlando animadamente entre ellas y con el carnicero. Todas menos ella. Permanece quieta, mirando a algún punto indeterminado, y su expresión denota apatía y cansancio. Soy yo, sin querer, el que distraigo sus pensamientos.

— ¡Eh, compadre! ¿Qué le pongo? — el carnicero logra con su vozarrón que todas las mujeres callen y vuelvan su cara hacía mí.

Aturdido miro en torno mío para ver a quien se dirige, aunque ya me temo lo peor.

—Pero… ¿Cómo?… Todas estas señoras están delante de mí— mi voz casi no sale por la garganta, y no dejo de mirar a Eva, aturdido por la sensación de vergüenza, por la situación, y por la fascinación de tenerla tan cerca.

—Todas estas mujeres seguro que le dejan pasar antes. Menudas oportunidades tienen de alargar el ratito de estar con el carnicero más guapo del barrio— riendo su propia gracia, sigue mirándome a la espera de mi requerimiento.

Consigo justo lo que no quiero, ser el centro de atención de todo el mundo, incluso de ella, que vuelve la mirada hacía donde estoy, cuando la risotada de una de las clientas la saca de su letargo.

—No se preocupe, no tengo prisa y todas éstas señoras han llegado antes que yo— empiezo a recuperar la soltura, aunque debo reconocer que la situación, por tonta y ridícula, me viene grande.

Con un encogimiento de hombros, claramente despreciativo, por parte del tendero, y la división de opiniones del resto de la clientela, se da por terminado el asunto.

Con precaución, casi con el absurdo temor de que mi mera presencia pueda espantarla, me situo en uno de sus costados.

En efecto, es una belleza, pero un cierto aire dulce y aniñado quita agresividad a un aspecto qué, de otra forma, puede resultar algo salvaje. Ni su evidente estado de gravidez quita un ápice de hermosura a un rostro finamente delineado. Tan solo unas sombras oscuras bajo sus ojos evidencian el cansancio de una mujer embarazada.

—Mira, otra vez— en el lado contrario al de ella una mujer susurra esas palabras y, con un codazo y un levantamiento de barbilla, señalándola, me hace fijar en algo que de otra forma no hubiera observado.

Al agacharse para dejar espacio en la bolsa de la compra, el cabello de Eva se abre en dos, como una cortina, y deja al descubierto la base de su magnífico cuello. Claramente apreciable se nota un verdugón que recorre en diagonal el comienzo de su cuello. Parece venir de su clavícula derecha hasta desaparecer en el pequeño escote del vestido por la espalda. Un segundo codazo y una mirada intencionada hacia sus piernas, me obliga a desviar la vista hacia ellas. Su postura favorece una visión parcial del inicio de sus muslos, donde se aprecian nuevamente otros cardenales que, curiosamente, forman una línea recta entre ambas piernas.

Cuando el más elemental sentido común me hace comprender lo que eso significa, un acceso de rabia recorre los ramales de mi sistema nervioso hasta explotar, conjuntamente, en mi cerebro. Quedo ciego de ira y solo cierto instinto, me hace comprender que me interesa escuchar la conversación que sostienen, a mi lado, sobre la mujer que me resulta imposible ignorar.

—…no me había fijado— comenta una de las clientas de la carnicería.

— No me extraña, procura ponerse ropas que la tapen todo lo posible, pero muchas veces, creo que, sin darse cuenta, no puede disimular las palizas que le propina el bestia del marido— dice la más próxima a mí, con un hilo de voz que me cuesta trabajo escuchar.

— Bueno, los hombres son hombres y a más de uno se le escapa la mano de vez en cuando—susurra otra.

—Puede que el tuyo guapa, porque el mío me pone la mano encima y le mato— es la enérgica respuesta de una joven.

—"Torres más altas han caído", y si no, pregunta por ahí y verás. Además, tú llevas poco tiempo casada. Cuando se os pasen las mieles de la pasión ya me contarás— escucho a mi espalda.

Algo en mi actitud, quizás mi rigidez, debe llamar su atención, y ante, la más que fundada sospecha, de que estoy escuchándolas y tras varias y furtivas miradas de reojo deciden permanecer en silencio.

JAVIER — momento actual.

«No estoy enamorado, no soy un estúpido y esa es la emoción más peligrosa de todas. Lo que si me tiene es... hipnotizado.

Es tan bella que me resulta difícil quitar los ojos de encima de su rostro y su figura. Lo mejor de todo es que, Eva, si alguna vez fue consciente de ello, lo ha olvidado, lo que la hace, aún, más hermosa. Volver a casa y ver ese cuerpo elegante y sinuoso, y esa cara tan adorable, me produce vértigo. Incluso su forma de andar y moverse, sus gestos, todo, todo en ella, es soberbio. Jamás supuse que una mujer tan increíblemente perfecta se pudiera enamorar de mí, y aún menos, cuando ella piensa que mi status social, sobre todo en el terreno económico, es tan abismalmente diferente. Pobrecita, de suponer, mínimamente, que soy enormemente más rico que ella, se muere del susto sin entender nada; pero no es el momento de comunicarla tan encantadora noticia, y, por supuesto, esa circunstancia, mientras estemos en España, no va a llegar nunca, salvo que, por fin, me decida a poner en marcha lo que antes o después debo hacer o... que me muera antes.

No pienso permitir que nada, ni nadie, me la arrebate. Y menos que nadie ese hijo que espera, ¡maldito sea! Mi mujer es mi posesión más valiosa, hermosa y deseada y solo de pensar que algo me la quite, algo, nunca alguien, se me congela la sangre.

Todo lo que tengo y lo que hago me ha costado un precio muy alto, pero *ella, ella, es especial... única.* Me tiene embrujado. Y es mía. Solo mía.

Eva, lógicamente, sabe que soy viudo y que he heredado algunos bienes de mi anterior mujer, pero lo que no conoce ni conocerá, es la cuantía de lo que he obtenido de herencia.

Tengo decidido qué, como muy tarde, antes de que termine el año, nos largaremos de éste maldito país, de sus miserias, envidias, y del miedo y el hambre que subyace en casi todas las miradas, y pondremos rumbo a tierras prometidas, a culturas infinitamente más avanzadas, y al bienestar que nos va a proporcionar tener tanto dinero. Solo entonces, cuando la distancia me ampare y sea mi mayor protección, pondré todos los lujos a su alcance y viviremos como me propuse desde joven: con muchísimo dinero y una soberbia mujer a mi lado.

No quiero que por obrar precipitadamente pueda alguien sospechar de mi pasado. Llevo demasiados años pasando de puntillas por la vida y borrando, en lo posible, los datos de mi existencia, para ahora, en un momento, estropearlo todo.

En un país extranjero, con miles de kilómetros de distancia, es difícil que me encuentre a alguien que me recuerde y sea capaz de atar cabos. Puedo dejar de ser el hombre invisible.

Últimamente estoy dando forma a una idea que me ronda por la cabeza. Tengo que estudiarla con serenidad y, si no es mala, ultimar los detalles. Si soy capaz de ponerla en marcha, me puedo quitar un importante lastre de encima y nos podremos marchar en poco tiempo. Acelera mi idea de irnos antes de que termine el año, y ya faltan tan solo cinco meses.

Cuando un aire nuevo se pose sobre mi piel, otras constelaciones velen mis sueños, y nada me recuerde a nada, voy a empezar a vivir por primera vez desde que existo. Será como una lluvia intensa, que arrastra por las cloacas todos los restos y detritus de las calles, hasta dejarlas lavadas y con olor a arco iris. Solo en ese momento podré dormir sin pesadillas, sin recuerdos de la infancia, sin que *la otra* me despierte con sabor a muerte en mis labios, sin... miedo.

Solo con Eva»

EVA — momento actual

No se limita a ser una bofetada más; marca un claro antes y después para mí.

Soy consciente de que o pongo tierra entre nosotros, o ésta cubrirá mi cuerpo antes de tiempo.

Un poderoso narcótico envenena mis venas, y mi cuerpo debilitado está lleno de su carroña, dejándose intoxicar por palabras de arrepentimiento, de solicitud de perdón y amenazas. Frases como:

Nunca volverá a pasar.
No puedo vivir sin ti.
Tú eres la que, *siempre*, me provoca.
Te mataré si intentas irte de mi lado.

-Te mataré… *Te mataré… Te mataré…*

Una letanía informe de palabras de amor y de horror.

La bofetada disipa la sangre negra de mis venas, como el temporal arrastra las hojas perecederas de los árboles, y deja tras de sí una extraña lucidez. No entiendo nada, pero cada fragmento de mi estúpida vida, con él, pasa a través de mis ojos, convirtiéndome, a mí misma, en una extraña que, por fin, aunque tarde, lo entiende todo.

¿Por qué dejo que me subyugue ese ser despreciable y mezquino? ¿En qué extraño sopor estoy inmersa para no oponer resistencia ni física ni mental a tanta barbarie? ¿Tanto poder tiene la fuerza bruta?

Lo que acaba de pasar lo puedo resumir como la gota china horadando mi cerebro, que incapacita mis resortes intelectuales hasta reducirlos a un estado primario.
Sacudo la cabeza con estupor, para ver si ese gesto consigue eliminar las últimas ofuscaciones de mi mente, y me obligo a regresar al momento actual.

Tengo que dejar el pasado atrás y vivir el día a día esperando mi oportunidad. Todo menos que mi hijo viva bajo la amenaza de soportar la brutalidad de su padre, y yo, sus golpes y su lujuria sin límites.

Si, ahora por fin, con éste bofetón, veo con total claridad que lo elemental es esperar el nacimiento de mi hijo. Lo pienso con ferocidad, pero con absoluta lucidez. Esta criatura va a ser solo mía. No tendrá una bestia a su lado. Con una madre que ya le quiere por los dos, un niño o niña sin padre, pero con una vida normal. Toda Europa está llena de huérfanos de padre. Será uno más.

Cuando el bebé nazca y sea reconocido como hijo legítimo, voy a poner a mis padres en antecedentes y ellos encontraran el camino para situarnos fuera de su alcance.

Tienen dinero y, con su ayuda, seguramente es realizable salir con el niño de España y afincarme en cualquier país de habla inglesa o francesa. El caos que ha dejado en Europa la segunda guerra mundial perjudicará mucho nuestros comienzos, pero también puede ser muy sencillo ocultar a una madre y su recién nacido, en una época, en la que parte de sus habitantes aún no tienen la documentación en regla, y la desorganización barre las naciones como antes la han desmantelado las bombas.

El saber los dos idiomas, prácticamente, como una nativa, es decisivo. Una vez más bendigo a mis padres por haberme dado una cultura tan magnífica a todos los niveles, y la seguridad en mi misma de la que siempre he gozado y, que ese degenerado, me ha devuelto con su última bofetada.

Con un escalofrío observo que ese golpe no es el último, aún tengo muchos que recibir, pero mis ojos lo ven todo de diferente forma. Ante él debo ser la de siempre: la misma Eva sumisa, aturdida y sobre todo aterrorizada, que se deja golpear, que se encoge como un feto cuando le ve quitarse el cinturón y, lo peor, que tan solo solloza quedamente, con miedo a que alguien la escuche, cuando es arrastrada al dormitorio para ser violada y sodomizada por un bárbaro engendro.

Nada ha de parecer haber cambiado cuando, todo, lo habrá hecho.

Ahora mi poder será mi fuerza interior.

JORGE

Reconozco que estoy obsesionado. Soy un hombre razonable; sin falsa humildad, bastante culto, y nunca me dejo llevar por impulsos, y menos aún, por el instinto. Pero todas las bases de mi anterior existencia han caducado. Esa mujer me sedujo en la distancia y todos los razonamientos que me hago, a mí mismo, sólo logran producirme hastío.

Tengo que conocerla personalmente. Mi cerebro me machaca esa frase hasta el aburrimiento y lo peor: yo me dejo aburrir sin rechistar.

Por suerte mi dinero, bastante más del que voy a necesitar nunca, me permite un gasto tan estúpido como éste, pero puede ser el momento de dejar atrás mi innata austeridad cuando considero innecesario un antojo, y concederme el capricho que ronda por mi mente, sin que lo deje aflorar. No me veo realizando pesquisas personalmente y puedo perjudicar mucho a Eva con alguna imprudencia por mi parte.

Pongo como excusa la necesidad de saber más sobre la relación que mantiene con su marido, pero no es solo eso, no. No dejo de pensar en ella. No paseo por la calle con normalidad. No por donde ambos vivimos, siempre vigilante a la posibilidad de su presencia. No consigo evitar, a pesar de mis buenos propósitos, que sus ventanas tengan imanes para mis pupilas. No… a demasiadas cosas.

Mi sangre se ha convertido en agua con hiel y cada partícula de mi piel reclama su presencia. Maldita obsesión.

La veo, no, mejor observo, incontables veces, pero la primera vez que nos conocemos personalmente, y hablamos, sucede en un contexto inimaginable para ambos:

Al salir a la calle me coloco bien la bufanda en el cuello. El suelo esta mojado por el típico calabobos que aún cae, hace frío, y me arrepiento de no haber cogido el coche. Por supuesto, taxis ni uno, así que ando un buen trecho hasta la parada de tranvías. Como de costumbre a determinadas horas y más en días de lluvia, viene lleno hasta los topes, con gente colgando de la abertura de las puertas e incluso subidas al parachoques trasero, por lo que, a pesar del tiempo tan desagradable, decido esperar el paso del siguiente.

Mientras observo los esfuerzos de una madre por meter, a la fuerza, el menudo cuerpo de su hija en algún hueco, veo a Eva dentro del vehículo. No lo pienso dos veces, salto al tranvía y me uno a la masa colgante. En situaciones así, los tranvías paran lo justo y éste no es una excepción, solo que, en ésta ocasión, ocurre lo esperable: para la mamá de la niña ya no hay espacio. La criatura comienza a llorar y sus alaridos de mamá, mamá, mamá, me alertan. De repente, noto que, en su desesperado intento por agarrar a su madre, que se queda en tierra, (cada segundo un poquito más lejos), la criatura se ha desplazado hacía mí, con una mano aferrada a mi pantalón y la otra extendida en dirección a su mamá.

No puedo hacer otra cosa. Sujeto fuertemente el cuello del abrigo de la pequeña y la balanceo, cada vez con más fuerza, hasta que la lanzo lo más lejos posible del tranvía, para evitar lo que claramente pretende: tirarse en marcha, con la enorme posibilidad de que éste la arroye.

Cuando el conductor del tranvía, ignorante de lo sucedido, aumenta la velocidad, algunos de los pasajeros de la parte trasera del abarrotado vehículo, ve a la niña impactar contra el suelo. Su madre, llorando y agotada por la carrera, cuando llega a su lado, comienza a reñirla enfadadísima, sin saber lo que hace, una vez más, como consecuencia del susto, mientras que, un cada vez, más nutrido grupo de personas, prácticamente, la quiere linchar por inconsciente.

Pese a la falta de espacio y la incomodidad, tras el silencio momentáneo que se instala en la parte posterior del vehículo, en un instante, todo son voces y rumor de conversaciones. Los que tienen el disparatado privilegio de ver el accidente son abordados por los que saben que acaba de suceder algo, pero no saben qué; y la curiosidad por conocer al héroe, o sea a mí, irrefrenable. De repente, y sin saber cómo, estoy situado en la plataforma, y lo mejor de todo, prácticamente pegado a Eva, que me mira, ¡Dios mío!, con curiosidad y… admiración. Aprovecho la situación al máximo. Soy una persona, normal y corriente, y tengo a la mujer de la que estoy, como mínimo, obsesionado a mi lado.

Evitando, dentro de lo forzoso, dadas las circunstancias, el más pequeño roce innecesario, y procurando no mirarla más allá de lo estrictamente conveniente, avanzamos hacía nuestras respectivas casas, con el cálido traqueteo del vehículo, como música de fondo.

Al bajar del tranvía no intento disimular que vamos en la misma dirección, y me emparejo de forma natural con ella, acortando mis pasos, ya que el pavimento húmedo y su, muy avanzado, estado de gestación no facilitan demasiado su caminar.

No soy yo quien rompe el hielo: También vive en ésta zona, ¿verdad? —Pregunta Eva con timidez.

—Creo que somos vecinos de calle— digo, ocultando parcialmente la verdad para no asustarla, no sé bien por qué y de qué. Seguro que de mis propios miedos.

—Cuando pasó el incidente del tranvía, me ha parecido que le conocía de algo— asevera.

—Es normal que nos veamos ocasionalmente por el barrio— puntualizo, mintiendo como un bellaco.
—Seguramente, aunque llevo poco tiempo en él. Al casarnos, hace casi dos años, vinimos a vivir aquí. Es una zona muy agradable, casi todos los edificios son nuevos; hay tiendas de alimentación, bares, cafeterías, y viven en él muchas parejas recién casadas, lo que trae consigo colegios, niños…

— Por cierto, gracias a usted esa chiquilla está viva y conserva sus piernas. Todos los años se producen accidentes graves, por situaciones como esa, sobre todo en adultos. Somos muy imprudentes— Se queda pensativa.

—Pobre niña— comento preocupado.

—Pobre madre— Casi suspira.

Lo decimos al unísono. Por primera vez, nos miramos sonriendo francamente y el trayecto hacia su casa, hasta donde la acompaño, es sumamente agradable.

—Eva, me alegra enormemente haberla conocido— La despido, mirándola a los ojos, después de presentarnos mutuamente.

—Yo también, aunque espero que no tenga que continuar salvando la vida de niños en peligro, incluyendo éste... y se da cariñosamente, a sí misma, unas palmaditas a la altura del estómago, donde es más que evidente su avanzado embarazo.

No conoce lo cerca que está de acertar. Los niños y yo nos llevamos muy bien.

Llego a casa en un estado de ensueño apropiado para un chaval, no para un hombre hecho y derecho, con tantas historias de mujeres a su espalda.

Me estoy equivocando. Lo sé.

Es una mujer casada, a punto de tener un hijo, y su fracaso matrimonial no significa nada. Como mínimo no debe representar nada para mí. En España no existe el divorcio. Prueba de ello es el hecho de, que una mujer así; mejor dicho: cualquier mujer, continúe bajo el mismo techo del hombre que la golpea de forma habitual.

¡Qué estúpido! Casi doy por hecho que Eva caerá en mis brazos en el supuesto, eso sí, de que su marido se esfume, se disuelva en el aire como un fantasma. ¡Soy como un niño! Aunque está claro que, independientemente de mi obsesión y de mis fantasías infantiles, que asumo, estoy enamorado. No puedo ni debo ocultármelo a mí mismo. Lo tengo todo perdido, así que ¿Qué gano con ello? Casi prefiero estar enamorado a estar como un cencerro, aunque sinceramente, creo que ambas cosas son compatibles en mi caso.

Tengo que conocerla mejor, infinitamente mejor. Como hoy: personalmente.

Su afición por la música y la danza me habla de una mujer culta; su voz cálida, perfectamente modulada y su elegancia lo corroboran.

No pueden ser más penosas sus circunstancias. Es como si la más delicada de las porcelanas se utilizara para dar de comer a los cerdos.

Nunca he visto personalmente a una mujer tan bella. Sus ojos me han subyugado: ese color cambiante, camaleónico, capaz de reflejar los matices de su entorno, como si fueran espejos que absorbieran todos los colores. Su boca generosa de labios gordezuelos, su delicadeza, sus gestos, todo en ella es exquisito. ¡Lástima que haya caído bajo el poder de ese indeseable! Ahora que la conozco me parece aún más lamentable su situación y más aberrante la conducta de ese mal nacido. ¡Dios! Como odio a la bestia de su marido…

Aunque me estoy acercando cada vez más al borde de una sima sin fondo, no puedo retroceder. El hecho de que éste fortuito encuentro me haya permitido tenerla tan cerca, aspirar el aroma de su cabello, percibir la calidez de su cuerpo a través de su abrigo y, lo más importante, hablar con ella, me ha conducido a un camino sin retorno; aunque al final de él sé que me espera un abismo.

Se hace imprescindible contactar con la persona que me han recomendado y que realice ciertas pesquisas. Quiero saber todo lo que pueda de Eva y de su entorno
.

Abro la ventana del salón y subo las persianas justo a tiempo de ver como ella, como a veces la llamo en mis pensamientos, baja las suyas.

EVA

Recuerdo perfectamente ese momento: Mi marido tiene una extraordinaria capacidad de hacerme daño; tanto verbal como físicamente y su malicia no tiene límites. Es mi bárbaro particular y, como los mejores artistas de circo, siempre se supera a sí mismo.

Sé perfectamente la clase de hombre con el que me he casado, no tengo más que mirar mi cuerpo en un espejo para recordarlo, pero aun así logra dejarme atónita.

Es tan acerba, tan variada, su forma de humillarme y dejar mi ego hecho trizas que no creo que nadie le pueda ganar en ese terreno.

Estoy embarazada de varios meses de nuestro bebé, ocho concretamente, y esa tarde, una vez más, he acudido con mi madre al podólogo, ya que algo en la planta del pie derecho, me impide pisar con normalidad al producirme un fuerte dolor cuando lo apoyo.

No le gusta acompañarme a ningún médico y todo lo relacionado al embarazo, náuseas, vómitos y dolores de espalda son para él "estupideces" de niñas ñoñas que solo desean llamar la atención, así que no le consulto nada, y ya llevo varias semanas acudiendo a consulta para que me lo quemen, cuando le comento:

—Javier, estoy yendo al podólogo por un problema en un pie, y creo que tengo que volver un par de semanas más.

Sin dar importancia al tema continúo poniendo la mesa para cenar, retiro mi silla y me siento.

— ¿Por qué tienes que volver? —Pregunta desde detrás del periódico.

—Parece ser que no es un vulgar callo lo que tengo, sino un papiloma, y me lo tienen que quitar quemándolo y limpiándolo con el bisturí durante varias sesiones. Como ya estoy tan gordita, al andar…

Levanta la mirada del periódico y contrae la boca en ese rictus ya tan conocido de: no me molestes con tus aspavientos de embarazada.

—Bueno ¿y qué pretendes que haga yo? Contesta.

—Nada, Javier, tú no puedes hacer nada— Añado bastante a regañadientes— Esto es al margen de mi estado. Puedo haberme contagiado en la playa cuando estuve con mis padres y es un problema, porque, como por sí mismo no desaparece, al contrario, se agranda si no lo tratan, cada vez será más profundo y doloroso; además es contagioso y pienso...

— ¡Ah! ¿Pero tú piensas? — matizó irónicamente.

—Su mirada burlona consigue reducir aún más el volumen de mi estómago.

—Pero entonces, lo que te están haciendo es caro— añade- con un fruncimiento de sus cejas castañas y una mirada irritada.

—Es un proceso largo y que lleva bastante tiempo de trabajo durante las curas, pero, como es un conocido de mis padres, me va a cobrar mucho más barato que a otros pacientes…

Su mirada logra…hace… que las últimas palabras se vayan espaciando cada vez más hasta que enmudezco.

—Esto que te estás haciendo, sin molestarte en consultármelo previamente, doy por hecho que lo pagarán tus padres—Me espeta ya claramente enfadado.

— ¿Qué dices? — Balbuceo.

— Qué pretendes? ¡Si quieres lo pago yo! — exclama.

Si en ese momento me pinchan no sale una sola gota de sangre de mi cuerpo, se encuentra toda en mi cabeza, y ésta, a punto de estallar. Como puedo, después de la sorpresa que me produce su comentario, respondo sumamente nerviosa.

— Pero Javier ¿Quién lo va a pagar? Estamos casados y lo lógico es que éste tipo de gastos los tengas que pagar tú.

Ni siquiera me atrevo a decir nosotros.

— Eva, cada día estás más loca. — Su expresión ya solo denota aburrimiento.

—Pero…— No me deja continuar.

— Es de suponer que cuando tus padres me endosan la mercancía la tendrían que haber entregado en buenas condiciones, y si no, que paguen la reparación.

Esas son sus palabras. Mercancía. Su mujer, la madre de su futuro hijo solo era eso: mercancía.

JORGE

«Soy médico, pero desgraciadamente nadie conoce aún el mecanismo de nuestro cerebro y, menos todavía, como se almacenan y se fijan en él nuestros recuerdos, pero no hay duda de que, algunos, nos traumatizan de tal forma, que anidan en un rincón de nuestra mente, para no abandonarla nunca.

La primera vez que contemplo como Eva es atacada, ferozmente, por su marido, reacciono de dos formas diametralmente opuestas. Echo a correr, asustando a Carmen, hacía la puerta de mi domicilio y, cuando ya estoy abriendo ésta para salir, lo tremendo de la situación se me viene encima y me quedo paralizado como un bloque de mármol e igual de helado.

No puedo hacer nada. No puedo tirar abajo la puerta de ese cabrón y reventar su cabeza a patadas. No puedo conseguir que luche con un hombre y contra un hombre y, sobre todo, como un hombre. No puedo… no puedo… no puedo…

Las venas engrosan mi cuello en un pulso constante e intenso y siento el rápido flujo de la sangre hacía el cerebro. Mi corazón no está preparado para tal masa de sangre confluyendo en zonas tan concretas y siento que puede estallar. La adrenalina se dispara y la sensación de frío en lo más profundo de mi cabeza me aturde como un mazazo.

Aun así, lo peor de todo es la vergüenza. Cuando llega es como el embate de una ola inesperada. Derrumba todos los valores que me inculcan desde niño. ¿Dónde queda mi hombría?

Desde pequeño, mis padres me educan en la creencia de que debo proteger a mis compañeras de juego, y en la adolescencia a ser amable con las mujeres. De ninguna de las dos cosas me arrepiento. Incluso la carrera escogida por mí se reduce a cuidar y sanar a mis semejantes. Los niños son mi debilidad y por eso me he especializado en ellos.

Y allí estoy yo, viendo a un hombre fuerte pegando a una mujer, su mujer, que, para más escarnio, se encuentra embarazada.

Toda mi escala de valores se viene abajo y solo queda la vergüenza. La ajena y la propia. Y la humillación. La mandíbula me duele de tener los dientes encajados. Las uñas me muerden la piel y mis piernas tiemblan de la excitación, pero eso no es nada para la sensación que recorre mi alma. Todos sabemos que el alma duele y, cuando lo hace, el dolor es mucho más intenso que el del cuerpo.

¡Eva es maltratada delante de mis narices! Y ¿de verdad no puedo hacer nada?

¿La policía? Sí, pero… ¿Quién soy yo?

Mis datos personales me avalan como persona responsable, pero también como un personajillo, para más inri, rico, de la más alta sociedad, algo que no suele gustar demasiado en ciertas capas del cuerpo de policía, que considera que siempre hemos tenido bula para tapar nuestros pecados.

Si, incluso el hecho de estar mirando por la ventana *a esas horas* de la noche ¿no les hará pensar que el rarito soy yo? ¿A saber qué es lo que me interesa contemplar de mis vecinos? Entre ellos se mirarán con extrañeza.

Más de uno tendrá la mano fácil con la parienta. Normal, ¿no? Los hombres llegamos cansados a casa mientras ellas se dan la vida padre, gracias a nosotros, y ¿qué nos encontramos muchas veces? malas caras, morros y disculpas estúpidas:

La cena se me ha agarrado. Daniel tiene tanta fiebre que...
Estoy cansada. Me muelen *tus* hijos. Mira que brecha han hecho al pequeño.

Con la cartilla de racionamiento no tenemos ni, para empezar, y yo no puedo hacer milagros.

Y la de siempre: me duele la cabeza.

Y a mí los cojones ¡Coño! Soltará el gracioso de turno.

La sociedad admite que la mujer es un ser inferior y subordinado al hombre y, como tal, debe ser dominada y tratada con mano dura. Lo que la gente haga en sus casas de puertas para dentro, son asuntos personales, en los que nadie tiene derecho a intervenir.

Si ni las autoridades ni la sociedad protegen a Eva ¿Puedo hacerlo yo? No creo que sea fácil, pero, de alguna forma, tengo que intentarlo. Ella es la víctima de sus malos tratos, la que sufre en silencio su brutalidad y a mí me duele su dolor.

Jamás voy a recuperar el respeto por mí mismo si no hago algo.

Vuelvo al salón. Observo con miedo lo que me espera a través de los cristales, pero solo diviso la figura de él sentado en un sillón del sofá con la cabeza entre las manos. Me repugna su imagen de tal modo, que desvío la cabeza para no verle, con una nausea amarillenta en la boca. Me siento a oscuras a reflexionar. Tengo mucho en que pensar.

Amanezco en el sofá»

JORGE

El hombre que me han descrito previamente está en el rincón más discreto del bar, con la espalda apoyada contra la pared y mirando un espejo que le da una perfecta visión de las entradas y salidas del local. Un viejo resabio de sus muchos años como policía, supongo.

—Buenas tardes—me dice, con una voz un poco aflautada que no está en consonancia con su corpachón y el gran bigote gris del que, ocasionalmente, se arranca un pelo que posteriormente observa con gran atención. Una forma como otra cualquiera de ganar tiempo para analizar las situaciones. Ahora el analizado soy yo.

—El comisario Vel… — contesto. Alargando la mano para saludarle.

—Por favor, no me llame así. En los tiempos que corren es preferible llamar lo menos posible la atención y esa palabra no está demasiado bien vista en muchos sitios. ¿Qué le parece Bonifacio, a secas?

Sus ojos me miran y, aunque su cara despide un aire noblote, en ellos aprecio que han visto demasiadas cosas horribles.

—Bueno, como desee. Si eso le hace sentirse más cómodo… —Dejo la frase en suspenso.

—Se lo agradezco— dice, a la vez que con el brazo hace una señal al anciano y consumido hombrecillo que ejerce la función de camarero.

—Le han contado mi historia, supongo– continua.

—Según me han dicho, le han retirado de su cargo, con todos los honores, mientras investigan algo supuestamente oscuro de su pasado, y… usted no se resigna a la inactividad— contesto.

—Me conformaría mejor si por lo menos fuera cierto, pero, tal como están las cosas, me sentiré satisfecho si no me mandan a la cárcel o… Además, mientras trabajo en algo me distraigo; evito pensar demasiado y volverme loco.

—Tenga confianza. Creo que tiene muchos y buenos amigos— digo.

—Los buenos amigos tienen la tendencia a dejar de serlo cuando tienen algo que perder. En éste caso demasiado. Pondrían en peligro incluso a su familia y yo no puedo pedir tanto a nadie. Precisamente menos a mis verdaderos amigos.

—Cuando nos sirven los cafés y las copas, abordo el asunto:

—Los datos de las personas que quiero investigar ya se los he dado a través de nuestro común amigo. ¿Ha podido averiguar algo? — pregunto.

—Por supuesto. De momento no ha sido en absoluto difícil. Entre otras cosas por eso quería verle personalmente. No sé hasta dónde está usted dispuesto a que llegue en mis indagaciones, ni que es, realmente, lo que desea conocer— contesta.

—Antes de ponerle en antecedentes quiero comentarle quien soy yo, social y personalmente, aunque supongo que previamente a ésta cita habrá contrastado todos mis datos particulares. Ya sé que no cuenta con los medios de antes, cuando se encontraba en activo, pero siempre quedan conocidos dispuestos a hacer un favor. Más ahora que nunca se sabe si no se tiene que corresponder dentro de poco. Podemos caer en desgracia con demasiada facilidad— Cierro la frase con un: Perdón ¿Espero que no le moleste lo que acabo de decir?

—Para qué voy a mentir— Su sonrisa socarrona me divierte. — Por supuesto que me he informado; y sobre lo segundo no se preocupe, es una realidad que espero poder esclarecer lo antes posible.

-Mi nombre lo conoce sobradamente y, por desgracia, demasiada gente– puntualizo.

El hombre que tengo al otro lado del velador se acaricia el bigote y con cierta seriedad me dice:

—El hecho de ser el único hijo de uno de los hombres más ricos de España no ayuda a pasar inadvertido precisamente. —Su sonrisa se hace aún más amplia a pesar de la formalidad con la que habla.

—Ha podido observar que hago todo lo que está dentro de mis posibilidades— No es una pregunta, si no la aseveración de algo que, tengo la seguridad, que ha comprobado.

—Sí, lo sé— El inspector bebe un sorbo de su café. Incluso a nosotros… a mí… rectifica con acompañamiento de sonrisa burlona, quiero decir, me ha costado un poco seguirle el rastro.

—Realmente llevo poco tiempo en España, pero deseo afincarme en Madrid y hacer de éste mi definitivo hogar. He estado demasiado tiempo viviendo en el extranjero y añoro todo lo que, a pesar de la postguerra, ofrece y puede aún ofrecer. Me estoy acostumbrando a los destrozos de las bombas, las calles sin asfaltar, la falta de iluminación y la miseria. Es mi país, le amo, y quiero compartir su futuro. Sufro viendo las enormes privaciones de la gente, pero no me veo capaz de vivir permanentemente en otro sitio. Si hasta ahora me he amoldado a vivir en otros países ha sido en contra de mi voluntad. Y si puedo colaborar de alguna otra forma lo voy a hacer. Ya que he llegado tarde para poder luchar por mis ideas en la guerra, voy a procurar poner mi granito de arena en la paz.

—Imagino lo que está pensando— sigo— Que, para mí, desde mi posición, es muy fácil hablar así. No carezco de nada. Todo me es servido en bandeja de plata, literalmente, así que, de que me puedo quejar; pero le aseguro que otros países ofrecen a sus habitantes una cara muy amable con abundancia de libertades y lujos, que aquí, ahora mismo, son impensables. Por otra parte, si conozco las deficiencias de forma directa, sin duda puedo ser más selectivo a la hora de colaborar con mis compatriotas.

Sirvo un poco de agua de la enorme jarra que hay en todas las mesas y en la nuestra y continúo:

—Prácticamente por exigencia de mi abuelo paterno me imponen varios nombres de pila, aunque el hecho de morir él, poco después de mi bautizo, hace posible que mis padres me puedan llamar por el que realmente deseaban, que es Jorge. Eso unido a que mi primer apellido es compuesto y solo utilizó para mi vida cotidiana la primera parte, me facilita mucho las cosas. Jorge Ortiz no llama la atención de nadie.

Mis padres se casan muy enamorados, aunque no demasiados jóvenes, y solo nazco yo, para desesperación, sobre todo, de mi madre. Mi infancia todavía significa mucho para mí gracias a su dedicación y cariño. Mis progenitores consiguen no hacer de mí un niño consentido ni solitario, pese a ser su único hijo, y logran darme una cultura que, por desgracia, solo está al alcance de muy pocos.

A mediados del año 1.935, cuando me faltan cuatro meses para cumplir veinticuatro años y prácticamente finalizado el último curso, unos compañeros de la universidad de Medicina, en la calle Atocha, me empujan bromeando, con tan mala fortuna que resbalo, y caigo por la escalera. El golpe, tremendo, contra el borde de un escalón me astilla la rodilla y el fémur por varios sitios. Es una rotura abierta, a la que falta poco para gangrenarse y que me obliga a operarme, más de una vez, y a estar varios meses hospitalizado. Como, al margen de los dolores, tremendos, por cierto, los médicos no dan garantías de que no me quede esa pierna más corta que la otra y, lógicamente, una cojera permanente, mis padres deciden llevarme a París y posteriormente a Suiza. Terminamos en Estados Unidos, donde, a fuerza de masajes, horas interminables en piscinas, ejercicios en barras y artilugios metálicos que parecen servir únicamente para producir dolor, logran dar fuerza a una pierna que, de antemano, casi parece perdida. Afortunadamente, tan solo un alza interna de dos centímetros, y dolores ocasionales, me hacen recordar aquellos años: Más de cuatro años muy duros para mis padres y para mí, pero peor fueron para el resto de los españoles que, desgraciadamente, tuvisteis que enfrentaros a una guerra. Eso, aunque le pueda parecer increíble, es lo más grave para nosotros, encontrarnos tan lejos en unas circunstancias tan penosas para nuestro país. Los muchos años de mis progenitores y el egoísmo maravilloso de mi madre, consiguen un imposible, que mi padre no nos deje solos para volver a su tierra, casi con seguridad, a perder la vida. No tenía ya edad, ni fuerza, para luchar ni por el mismo.

Este periodo de tiempo solo es productivo para mí, ya que además de curarme, aprovecho todos los recursos a mi alcance, que son muchos, para continuar y ampliar mis estudios de medicina y especializarme en pediatría.

—Por lo que me han dicho, con enorme provecho— comenta Bonifacio.

Con un movimiento del mano quito importancia a sus palabras y continúo: —Así que aquí estoy: solo. Mis padres al poco tiempo de regresar mueren con tres meses de diferencia. El de pena por el país que encuentra al volver y mi madre de dolor por su muerte— digo.

—Ignoraba el problema que generó su accidente. Pensé que se trataba de caprichos de gente rica y quizás… — comenta Bonifacio.

—Una huida, ¿no?

—Realmente sí. Mucha gente con menos posibilidades lo hizo; y que conste que no soy quien para juzgarlos— responde Bonifacio con total naturalidad.

—No me extraña, yo también lo he pensado de otros—contesto.

Ambos bebemos en silencio y lo rompo para decir, sin dejar de mirarlo a los ojos, con enorme intensidad:

—Solo espero que en ésta ocasión no me tome por un niño rico y superficial, por favor— casi suplico— Está en juego la vida de una mujer, y… también la de su futuro hijo. Se encuentra en avanzado estado de gestación.

JAVIER

Una noche cerrada, con la tibieza de una luna embalsamada entre nubes diáfanas y vaporosas como gasas superpuestas, que tan solo se dejan adivinar, dota a la montaña y a la carretera de un trasfondo tétrico, con un algo sobrenatural que logra producirme un intenso desasosiego. Reconozco que la noche y yo no nos toleramos bien. La oscuridad me impone, sobre todo si estoy solo. Sé que es infantil e ilógico, pero lo tenebroso de las sombras me produce pavor. Solo la naturaleza de lo que voy a hacer me obliga a pasar éste mal rato, que, desde que ha llegado el crepúsculo, estoy pasando. Y eso que las sombras de la noche y yo somos cómplices de grandes aventuras, pero, quizás eso, precisamente, sea lo que más me asusta de ella, que necesito siempre su colaboración.

Debo de estar cerca del sendero que busco. Más me vale que no pase de largo sin verle. Menuda complicación en una carretera como ésta, y casi sin luz, ponerme a hacer maniobras. Bastante me va a costar introducirme, marcha atrás, en ese camino de cabras. El suelo está seco, lo que me favorece, pero estas malditas carreteras, con estas curvas tan cerradas, son, literalmente, una mata personas. ¡Vaya, hoy estoy guasón! Eso es algo que no ignoro.

Acabo de pasar la primera curva, la sencilla. Tengo que ir despacio, no quiero dejar rodadas innecesarias. Ya veo el pasaje que busco y, la verdad, no es para tanto. Si lo paso unos pocos metros, dejo caer el coche hacia atrás suavemente y lo coloco en posición transversal con respecto a la carretera, salir me tiene que resultar sumamente sencillo. Casi con asomar el morro es más que suficiente.

Menos mal que ya llego a mi punto de destino, porque de lo contrario el coche se va a la mismísima mierda. Está que arde.

Son unas cuestas endiabladamente empinadas por lo que no creo que se le ocurra pasar a nadie por aquí antes de amanecer, pero por si las moscas, dejo el capó abierto y saco algunas herramientas. De todas formas, el capó, o lo abro o me quedo sin coche.

Fuera del auto las formas de las cosas que me rodean parecen más naturales y respiro mejor.

El final de la otra tortuosa curva se encuentra a menos de cincuenta metros y por curiosidad voy a subir la carretera, pero por el borde interno, no sea que un tropezón me mate.

¡Madre mía! Aunque la conozco continúa impresionándome y más a éstas horas de la noche. Me acerco con cuidado al borde del precipicio y me sobrecoge la profundidad del barranco, que, a pesar de la poca iluminación y de la vegetación enmarañada con hilos de plata, de los vacilantes destellos de rayos de luna, vislumbro allá en el fondo.

Es mejor si me meto, nuevamente, en el coche. Otra vez respiro mal. De nuevo tengo miedo.

EVA

El teléfono suena poco después del mediodía y pienso que son mis padres los que llaman para decirme que ya han llegado a Madrid.

— ¿Dígame?

—Una voz desconocida pregunta por mí, pone en mi conocimiento que se trata de un policía y deja caer, lentamente, palabra a palabra...

—Lamento mucho lo que tengo que comunicarla, pero... sus padres han tenido un accidente y... han resultado muertos... Necesitamos su presencia para reconocer sus cadáveres y realizar los trámites pertinentes.

— ¿Señora?... ¿Señora?... ¿Señora? ...

Desde ese momento pienso que Dios puede ser muy cruel y bromista por castigarme de esa forma, porque en las milésimas de segundo en las que mi mente procesa la frase de: lamento mucho... hasta que pronuncia la palabra padres, solo puedo pensar: *que sea él, él, él.*

Cuando escucho, estando soltera, comentarios sobre mujeres que son maltratadas por sus maridos, nunca pienso que yo puedo llegar a vivir esa experiencia tan brutal. Desde mi profunda ignorancia creo que son mujeres de otra especie distinta a la mía. ¡Qué soberbia! Me lo merezco por estúpida. ¿A qué tipo de mujer diferente pertenezco? ¿De qué especie soy distinta de las demás? ¿Por qué a ellas si y a mí no? ¡Soy imbécil!

¡Dios mío! Estoy divagando. No logro hilvanar un pensamiento coherente con otro.

Menos mal que papá y mamá al morir me dejan sin posibilidad de contarles lo que me está sucediendo por casarme con él.

Estoy perturbada. Por ejemplo: ¿Cómo puedo encontrar nada positivo en el fallecimiento de mis padres? ¿A qué grado de degeneración mental me conduce este mal nacido?

Sin darme cuenta estoy pasando las manos, con infinita suavidad, por la superficie de brillante y pulida laca negra del piano, como si se tratara de los cuerpos sin vida, que no me dejaron acariciar, de mis padres. Tan solo unos instantes para reconocer los restos y, con la razonable excusa de su horrendo estado, sacarme a la fuerza de esa sala con olor y sabor a muerte. Unos momentos, insuficientes para llenar mis manos de su amor durante lo que me queda de vida, y que, sin embargo, han inundado mis retinas para siempre, de destrucción, mutilación y restos carbonizados.

Con su desaparición, tan repentina, no me queda ni la oportunidad de demostrarles que, antes o después, he de conseguir lo que ellos tanto deseaban; por mí y para mí: La oportunidad de triunfar dentro del mundo de la música. Pero no me conceden tiempo, siquiera, para pedir perdón ante sus cuerpos tendidos y despedazados, por no cumplir la promesa de tocar su piano todos los días. Ante su tumba renuevo mi promesa y la estoy cumpliendo.

Todo cambia cuando aparece Javier y entra a formar parte de mi vida, la más insospechada, pero ha de volver a cambiar para poder lograr mis propósitos y que mi existencia vuelva a tener sentido. Por mis padres, por mi hijo, por mí. Sea de la forma que sea.

JAVIER

Eva. La gran razón por la que deseo viajar, más de lo normal, últimamente. Necesito estar solo. Con la excitación que tengo desde hace tiempo, con tantas cosas en la cabeza, se me está yendo demasiado la mano con ella y, por si esto no es suficiente, desde la muerte de sus padres la encuentro un poco rara. No por la puta pena, sino conmigo.

EVA

La muerte de mis padres es más de lo que puedo aceptar en mi situación.

Las situaciones extremas, como mi convivencia con Javier, te hacen conocer muchos trucos. Creo que debe ser parecido a intentar sobrevivir en la cárcel. Reconozco, sin ningún género de duda, que ha de ser incluso más duro, pero, salvo en contadas excepciones los presos suelen estar pagando por un delito que han cometido. Yo no.

Empleo estratagemas como poner al niño en un rincón, a ser posible cerca de un mueble que le proteja, mientras yo hago de cebo para atraerle lo más lejos posible. Me hago la desmayada a los dos o tres golpes más brutales, aunque parece adivinarlo, y con la amenaza de aplastarme la cabeza con un objeto contundente, (el instinto de conservación es tan poderoso), me hace abrir los ojos, instintivamente, y si me descubre fingiendo lo recompensa con una salvaje patada en las costillas.

Siempre, el pensar en mi niño desprotegido de su barbarie, y su llanto, provocado por el ruido de sus ataques, penetra a través de la nebulosa de mi cerebro, y me imbuye de una gran fuerza de voluntad, aunque… en momentos extremos, la indiferencia entre vivir o morir, me hace conseguir la apariencia de estar inconsciente hasta que se va; porque después de una paliza, siempre, como una rutina más, se marcha. Siempre. Esos son mis únicos momentos de descanso mental. Lo más parecido a la felicidad que conozco desde que me he casado, salvo por los intensos dolores de mi cuerpo.

¡Dios mío! Si morir tan solo significara cerrar los ojos y dejarte ir.

Pero todo tiene un límite y traspasarlo me puede parecer tan sencillo… Uno solo de esos instantes en los que el dolor físico es lo de menos, en los que mi mente se siente arder como si en lugar de materia gris, nervios y neuronas, solo fuera plomo líquido, calcinando y arrasando los conceptos del bien y del mal, que me han sido inculcados y en los que creo firmemente. Solo necesito ese mal instante y…

Las ventanas y el dibujo, desdibujado por las luces y sombras del atardecer, del enlosado, bajo ellas, me atraen y puedo dejarme caer en una espiral hacía el infinito. De no existir Daniel... Mi chiquitín no me deja morir. No tiene a nadie, salvo al monstruo que le ha traído a mi seno y no voy a cometer ese disparate. Ni siquiera ese último recurso me puedo permitir.

Lo único que me retiene es mi niño, mi hijo. Después de nacer no puedo, no puedo, condenarle a morir.

Sé que tengo que huir, ¿Pero ¿cómo? Necesito su autorización para que me concedan el pasaporte y el niño no puede figurar en él. Solo el hombre tiene la Patria Potestad sobre los hijos habidos en el matrimonio y la facultad de salir al extranjero con ellos.

Como todas las mujeres de España, estoy bajo *la tutela* de mi marido. ¡Menuda ironía!

Sé que la vida no es fácil y que el camino de rosas en el que he vivido hasta ahora no sería infinito, pero tampoco espero existir, día a día, con tanto dolor, y sobre todo tanto dolor innecesario.

El niño va a cumplir dos meses. Dentro de poco tiempo podrá soportar las incomodidades de un largo viaje, y yo, yo... ya no puedo más.

Tengo sueño. Siempre tengo sueño. Ver la cara de Daniel mientras duerme aún me produce más modorra, pero no me puedo dormir. Él está punto de llegar y ese es un lujo excesivo para mí. Me levanto a mirar por la ventana. Puede que eso me ayude ¡Qué tonta soy, me estoy auto engañando! Realmente, ¿A qué me puede ayudar? ¿A tener menos sueño? Sí; ¿A tener menos miedo? No. Seguro que no. Al contrario. Sé que, si le veo llegar, el sueño desaparecerá de repente y solo va a servir para adelantar mi sufrimiento unos minutos más.

¿Dónde puede estar más protegido Jorge? ¿En su cunita? No, no me atrevo. Nuestro dormitorio es el sitio que más le gusta a él, seguramente por eso, por la proximidad del niño. Sabe que eso me aterroriza y me convierte en una víctima aún más dócil.

La casa de enfrente es realmente bonita. Debe tener unas vistas espléndidas con esos ventanales tan amplios.

¿En qué estoy pensando? Debo proteger al niño, pero la cabeza me da vueltas. Si solamente pudiera dormir un poco, todo sería más fácil... Quizás en donde le tengo ahora sea un buen sitio. Encima del piano de cola. Está demasiado cerca de la ventana, es cierto, pero puedo bajar la persiana y si me pregunta le digo la verdad, que es el sitio más fresco de la casa y el más luminoso. Hoy hace calor. No creo que repare en la contradicción de tener la persiana casi cerrada. En último caso le digo que se acaba de dormir y por eso la he bajado.

¡Qué curiosa es la mente! Involuntariamente protejo las dos cosas que más quiero: mi hijo por encima de todo, y en otro contexto el piano.

Recordar la inmensidad del amor de mis padres, hacía mí, me paraliza. No tengo más que compararlo con el que yo siento hacía Daniel para saberlo. Nunca sospechamos ninguno de los tres, yo la que menos, que otra utilidad iba a dar a su regalo de boda.

No puedo evitar que ambos se disgustaran profundamente cuando me caso, tan joven, y lo abandono todo; pero en el fondo creen, como yo, que solo se trata de un año sabático. Me hacen prometer que no pienso dejar de ensayar de forma continuada, pero… Ni ellos ni yo esperamos un cambio tan radical en mi vida.

Si algo positivo tiene su muerte, es que ninguno de los dos ha conocido el horror de mi matrimonio. Aunque no estoy del todo segura. Una cierta inexpresividad en sus gestos y algo en su trato cuando estaban con Javier, cosa cada vez menos frecuente antes de su fallecimiento, me lleva a pensar que sospechaban algo.

Puede que hayan observado las secuelas de algún golpe. Pero un solo cardenal no les hubiese llevado a presuponer algo así. Han tenido que haber notado más cosas: ¿Gestos de dolor al moverme? ¿El miedo que me produce su sola presencia? ¿Mi falta de ternura hacia él?

He intentado por todos los medios ocultar lo que sucede en mi vida, de la misma forma que tapo las contusiones, pero pensándolo bien, ¿no es posible que mi forma de vestir, tan modosa, nos les haya llamado la atención? Pero por mucho que imaginaran no creo que fuera ni la décima parte de la realidad, porque, de ser así, mi padre comete un disparate. Es más, ese viaje a la casa de la montaña, fuera de temporada, inhabitual en ellos, ¿No sería para reflexionar? No dejo de torturarme con esa idea.

Sea como sea, ya es tarde; pensar en eso no les va a devolver la vida. Como tampoco a mí las ganas de vivir sin ellos.

Ahora, cuando solo unos días antes decido contárselo todo a los dos…

El piano me atrae y acaricio sus teclas, sin presionarlas, para no despertar a Daniel.

Un fragmento del famoso réquiem de Mozart: "Dies Irae" ronda por mi cabeza sin que sea capaz de concretarlo. Pero no me extraña, ahora mismo soy incapaz de concentrar mis pensamientos en nada; son erráticos. Me abruma el sueño y la desesperación.

Cuando, antes de lo normal, termino la carrera de música, todos suponen que puedo llegar a ser una magnifica concertista de piano, mi gran pasión. Según parece, facultades no me faltan. He trabajado tanto, para conseguir las metas más altas, que mis profesores del conservatorio, dan por hecho que puedo lograrlo, que el único límite lo tengo yo, y, por mi parte siempre he estado más que dispuesta a conseguirlo. Las dos guerras, la civil y la mundial, se encargan de retrasarlo, ya que me falta el paso de perfeccionamiento, que considero indispensable, de proseguir estudios decisivos y concluyentes en Alemania y Austria, pero, aun así, nunca se me ha ocurrido pensar en dejarlo y menos definitivamente. Es un tema que trato ampliamente con Javier durante nuestro noviazgo y todo me hace pensar que es un pacto que se va a respetar.

Jamás intuyo que Javier no respeta a nada ni a nadie. Y al decir nada, quiero decir: nada.

SEGUNDA PARTE

JORGE - (treinta y dos años)

Debo admitir que no presto atención al nombre del siguiente niño que voy a recibir en mi consulta, ubicada en la planta baja del mismo edificio que uso como vivienda, aunque, si lo pienso bien, tampoco me hubiese dado demasiadas pistas, pero, tengo que reconocer que, cuando levanto la mirada y veo a Eva al otro lado de mi mesa de despacho, me sobresalto. Nos turbamos los dos. Me intriga su desconcierto.

Me levanto del sillón, quizás con demasiada precipitación y la invito a sentarse. Lleva al que, lógicamente, supongo que es su hijo en brazos.

— ¿Es usted? — Es una afirmación, más que una pregunta, por parte de Eva.

Resulta lógico que no sitúe al hombre del incidente del tranvía, con el médico que va a explorar a su niño.

—Perdone, pero no tenía ningún motivo para esperar que fuera usted el médico, y menos aún, que pasara aquí su consulta— dice Eva ligeramente sorprendida.

—Si la informo del hecho de que vivo en el último piso de ésta casa puede resultar menos extraño—Contesto. Después de dicho me suena un poco irónico—Lo de ser médico es vocacional— respondo con una amplia y tranquilizadora sonrisa.

—Es cierto que comentó que éramos casi vecinos. Perdóneme por decir tantas tonterías, pero estoy tan preocupada por mi hijo— habla, mientras mira con cara de susto al pequeño personaje que lleva con ella.

—No dice tonterías. Además, sería la primera madre primeriza que no se alarme a la menor indisposición de su hijo— Recojo al bebé de sus brazos y procedo a desnudarle.

Es un niño de aproximadamente dos meses, como ya sé; algo falto de peso, pero dadas las circunstancias de la madre no es extraño. Demasiada suerte supone, para ambos, que Eva no haya sufrido un aborto o que el bebé no presente ninguna deformidad evidente. La juventud de la madre y su fuerza lo habrán evitado. Pregunto a Eva su fecha de nacimiento, datos sobre el parto, y que síntomas anormales ha observado para tenerla tan inquieta.

Tras reconocerle, compruebo, que se trata de algo muy corriente. Unas ligeras anginas, provocadas generalmente, por exceso de abrigo.

—Mi recomendación es que no le abrigue tanto, no le vaya a convertir en un niño cebolla.

Una vez termino de reconocer al niño a fondo, procedo a extender una receta y a hacer las últimas recomendaciones a la madre, que me observa expectante. Intento darla ánimos sobre la salud del pequeño en lo que la ayudo a terminar de vestirle.

Cuando acompaño a Eva a la puerta del consultorio, se vuelve completamente hacía mí, alarga la mano para estrechar la mía, y pregunta con sencillez —Doctor. ¿Cada cuánto tiempo desea que pase por su consulta para llevar el control del niño? — Sonríe dulcemente.

Su sonrisa es triste, no llega a sus ojos, pero a mí me lleva a límites inesperados de alegría. Me la dedica a mí y, sobre todo: desea que sea yo el que examine a su hijo de forma regular. Eso significa, que a partir de ahora nos hemos de ver habitualmente. Me encuentro tan entusiasmado que, por un instante, deseo que salga rápidamente del despacho, no vaya a notarlo. La voy a ver y hablar con ella con total naturalidad frecuentemente.

También consigo algo muy deseado por mí. Su número de teléfono.

Me consta que es uno de los datos que tengo del primer informe de Bonifacio, pero me satisface enormemente conseguirlo, de una forma tan simple, personalmente. Algo tan venial y sencillo me agrada tanto como haber ganado algún desafío particular. No es ningún triunfo, puesto que, intercambio con los padres de todos mis pacientes los números de teléfono, pero en ésta ocasión las connotaciones son absolutamente distintas. El hecho de tenerlo por una vía tan normal como la de médico-paciente me autoriza a poder emplearlo en caso de necesidad e… incluso sin ella.

Recalco repetidamente que, sea la hora que sea, de día o de noche, festivo o no, me llame a la menor eventualidad. Me ofrezco a acudir a su domicilio para no molestar innecesariamente al chiquitín si se encuentra enfermo. Forma parte de mis obligaciones como su pediatra personal. No digo que esas urgencias son extensibles a ella. Sobre todo, a ella.

Una vez la puerta se ha cerrado tras la mamá y el niño, solicito a mi ayudante que espere unos minutos antes de la siguiente cita.

Necesito un momento para recuperarme.

Las ideas se agolpan: está bastante más delgada, su cara mucho más demacrada y sus ojos supuran tristeza.

Su ropa negra, de riguroso luto, resalta ambas cosas, así que la euforia que poco antes avanza irreflexivamente por mi ser, se evapora, dando paso a una enorme angustia. Esas reacciones tan absurdas por mi parte, tan alocadas, dando bandazos entre felicidad y desdicha, me están haciendo sospechar, cada vez más, que esa relación unilateral, ha de terminar por volverme loco, si no lo estoy ya. Mi obsesión sigue su curso sin contar con mi permiso.

Aquí estoy yo, exultante, mientras ella pasa por un dantesco infierno. Las inesperadas muertes de sus padres han barrido todas sus defensas. Durante la consulta me comenta el reciente y desgraciado final de éstos en un accidente y se ve obligada a hacer auténticos esfuerzos para no llorar. Sus ojos se llenan de lágrimas y se muerde el labio inferior con tanta fuerza que me cuesta trabajo contenerme para no sujetarla entre mis brazos y decirla:

«Llora todo lo que necesites, pero no te hagas daño; conmigo no necesitas disimular»

Me siento avergonzado por tener que ocultar que su doble pérdida es algo que ya se. Mi doble juego me pasa factura. Ni la idea de verla, relativamente a menudo, me deja un resquicio de consuelo y la situación me convierte en el mayor de los hipócritas.

Estar a su lado, poder tocarla con solo extender los brazos y no poder ofrecerla el más mínimo consuelo, salvo el protocolario: "cuanto lo siento "y demás frases y farsas sociales, me hace volver a tierra.

Esa mujer se encuentra peor que sola. Al perder a sus padres su base ha desaparecido. Le falta el más esencial apoyo al desaparecer, con ellos, todo su mundo anterior. Es extraordinariamente fuerte al no derrumbarse por completo, lo está demostrando, pero nadie se lo dice y ella, por descontado, lo ignora. Tengo la absoluta seguridad de que, por no hacer sufrir a sus padres, no les ha confesado, cuando pudo, sus propios sufrimientos. Pocas mujeres lo hacen. Se dejan envolver en las redes de sentirse humilladas y vejadas y no soportan los juicios ajenos, incluidos los de sus propios padres. No sé hasta cuando hubiese soportado Eva ocultar la situación a sus progenitores, pero no me parecen, por los informes de Bonifacio, la clase de personas capaces de soportar, sin intervenir, la realidad del matrimonio de su hija.

Es una de las cartas que, yo mismo, he barajado. Ponerlos al corriente, personalmente, sin esconderme, sin subterfugios del por qué y el cómo lo sé, por fuerte que resulte la situación, de lo que su hija callaba. Pero, cuando me lo planteo, están fuera de Madrid, y después es tarde.

No está claro si lo que ya está en marcha será suficiente. Lo que sí es indiscutible es que ninguna mujer, ni hombre, por supuesto, tiene que soportar torturas gratuitas y que yo estoy dispuesto a hacer lo que sea, incluso una locura por impedirlo.

Eva no lo sabe, pero no está sola.

EVA - (Veintitrés años)

Salgo del consultorio con una serenidad que no espero al entrar en ella. La exploración realizada por el médico a Daniel me parece extraordinaria y sobre todo tranquilizadora para mi estado de nervios. Me dice el doctor que los críos dan sustos de forma constante así que más me vale irme acostumbrando.

—Bueno Daniel, ya has conseguido que me estrene como madre histérica. Ahora pórtate bien que no estoy para muchos trotes y duerme un buen rato. Verás como la medicina enseguida te hace efecto— cuento a Daniel mientras, por primera vez en todo el día, le dedico una espontánea y cariñosa sonrisa. La ansiedad por su estado de salud me lo ha impedido.

Hablo con el niño de forma constante, y, como cualquier madre, pienso que en muchas ocasiones el niño me entiende. Ver esos ojazos mirarme con tanta seriedad cuando le hablo, me recompensa con creces.

Tras tomarle la temperatura, dejo al niño adormilado en la cuna y me dirijo al salón. No sé muy bien qué hacer. La casa esta perfecta. Al niño, en un periodo de dos o tres días, no le conviene salir a la calle y, cosa rara, no me apetece leer. Me acerco a la ventana y miro hacia la casa del doctor.

Al casarme y venir a vivir aquí, alguien me comenta que es la vivienda más bonita del barrio y una de las más hermosas de Madrid. Toda la planta superior, enorme, es del mismo propietario, por lo tanto, del médico de Daniel. Y no solo eso, la terraza, de las mismas dimensiones, también de su propiedad, ha sido convertido en jardín. El interior del piso creo que está decorado con un gusto exquisito. Contiene antigüedades: cuadros, libros, esculturas y colecciones sumamente valiosas pertenecientes a varias generaciones de su familia y, otras, que añade él mismo a la larga lista. Según dicen, un ama de llaves, el marido de ésta: un jardinero que ejerce también de chofer, con la ayuda de otras dos personas, se encargan de conservar, tanto la vivienda como el jardín, impecables.

Ahora que sé a quién pertenece, me encantaría conocerla por dentro. Mis criterios han cambiado, respecto al dueño, desde que sé quién es. Anteriormente supongo, con cierto ánimo de crítica, injustificado, por mi parte, que es excesiva una casa así para una sola persona. Bueno, tres, el matrimonio también vive con él, pero, en éste momento, me parece que un hombre tan extraordinario se merece algo igual de sorprendente.

Hasta la muerte de mis padres son ellos los encargados de acompañarme al pediatra. Momentos maravillosos en los que yo disfrutaba de su compañía y ellos sobre todo de su nieto.

Después del accidente que les costó la vida, procuro informarme de quien es el mejor médico de la zona. No tengo coche, Javier viaja, y tampoco conozco cual puede ser su reacción en un caso de necesidad urgente. No es cuestión de esperar a que ocurra algo sin tener previsto a dónde acudir y no solo en situaciones extremas. El niño necesita reconocimientos periódicos, ver su evolución a todos los niveles, tanto físicos como psíquicos.

La desgraciada muerte de mis padres me pone aún más difícil estos escollos que con su ayuda eran tan sencillos. ¡Dios mío! No se me quita de la cabeza su muerte tan absurda. ¡Los quiero tanto! Hablo con ellos, mentalmente, como si aún siguieran vivos y al niño le explico cómo eran y le enseño sus fotos como si fuera capaz de entender algo. Los dos nos hemos quedado huérfanos.

Las lágrimas descienden por mi barbilla y me las quito a manotazos, con rabia. En ocasiones ni siquiera soy consciente de que estoy llorando. Me despierto con la cara inundada y la almohada me acusa de mis llantos nocturnos. No puedo seguir así. Soy lo único que tiene Daniel. Todo está en marcha y necesito acumular fuerzas. Las voy a necesitar.

Alzo de nuevo la mirada y la casa de enfrente me vuelve a recordar a su dueño. ¡Qué hombre tan encantador! Alto y desgarbado, pero muy elegante dentro de su aire de despiste; con unos bonitos ojos dulces de mirada amable y poseedor de unas manos extraordinariamente largas, bonitas y expresivas, hechas para la ternura. Con que delicadeza desnuda y reconoce a el niño. Seguro que esas manos solo tocan otras pieles para curar y acariciar, nunca para golpear.

Antes de llevar a Daniel, cómo es lógico, me informo detalladamente de quien es su futuro pediatra, y me alivia saber que según parece, el Dr. Jorge Ortiz, que, para más facilidad, trabaja en el portal de enfrente, justo al otro lado de mi calle, es conocido en todo Madrid, y no solo por ser un gran profesional, sino también por su talla humana. Un filántropo que dedica gran parte de su trabajo a socorrer, en todos los aspectos, tanto médicos como materiales, a personas con dificultades económicas.

Varios días a la semana visita hospitales y el orfanato Nacional de Vista Alegre sin cobrar nada. Su opinión es que sólo necesita ver la sonrisa de un niño para sentirse plenamente recompensado. Atiende los casos más graves, entrega medicamentos gratuitos y suministra alimentos a las monjas encargadas de los pacientes para que se encarguen de repartirlos entre los más desnutridos y necesitados. Una vez al mes, su chófer, entrega en la institución mantas, ropa y calzado, y él mismo, visita y lleva estos artículos, de primera necesidad, a personas que no pueden desplazarse a los hospitales públicos.

Los bolsillos de su blanca bata rebosan de caramelos y chocolatinas que dosifica entre bromas y achuchones. Es la adoración de sus pequeñajos, como él los llama cariñosamente.

Me interesa mucho saber que su consultorio siempre se encuentra abierto para cualquier caso que una mamá considere urgente; que para nosotras las madres son todos. Y eso, junto a su gran formación demostrada adecuadamente y de forma constante, y pese a ser relativamente joven, le ha convertido en una de las personas más reputadas dentro de su profesión.

Creo que es preferible que me ponga a leer. Pensar en un hombre tan encantador solo me puede hacer daño.

JORGE

Ser el médico de su hijo cambia mi vida respecto a mi relación con Eva.

Me gusta pasear y, casi todos los días, antes de llegar a casa, le digo a Paco que me deje en una de las dos arboledas cercanas. Son grandes, y me relaja andar entre los árboles y respirar el verde de sus hojas. No sé si fue mi subconsciente o más bien mi consciente, el que me dijo que ahí me ha de ser fácil hacerme el encontradizo con *ella*. Mi única excusa es que éste hábito es anterior a conocer a Eva.

Al principio, al encontrármela por la calle o al atravesar una de las arboledas que, pese a no estar próximas, hacen las veces de parque para los niños de la zona, avanzo hacia ella con timidez y miedo de que se pueda espantar, pero Eva es consciente de que actúo igual con otras madres del barrio y, poco a poco, lo encuentra tan natural, que muchas veces es ella la primera en aproximarse a mí. Lo que deja de ser tan normal es, no solo la frecuencia de nuestros encuentros, sino que éstos se prolonguen cada vez más.

Comienza a ser una pequeña costumbre el que nos veamos entre los árboles de aquel prado, charlar un rato al abrigo de sus hojas, y después, de forma instintiva y sin ponernos previamente de acuerdo, comenzar a caminar hacia nuestra calle, que yo encuentro cada vez más cercana. La distancia recorrida no es tan corta, pero su extensión en minutos me resulta tan breve… Le encanta que la cuente las menudencias del día y las anécdotas de los críos a los que trato a lo largo de la jornada, y, en más de una ocasión, logro que suelte una carcajada, que me impresiona al contrastarla con la tristeza de sus ojos.

Sus ojos: Tienen imanes. Cuanto más me permite la pequeña confianza que se instala entre nosotros contemplarlos, en más insaciable espectador me convierto yo. Casi siempre bajos, intentando esconder su dolor y evitar que otras personas puedan ver las escenas que ocultan sus pupilas. Como si éstas fueran la pantalla de una película muda que se desarrollara en ellas y a cualquiera se le permitiera contemplarla. Sus pestañas, asombrosas por lo largas, sombrean sus pálidas mejillas y hacen aún más frágil su ovalo y más vulnerable la delicada apariencia de su rostro.

Con el tiempo nuestras conversaciones se hacen más personales, más intimistas, pero una circunferencia invisible deja al margen cualquier atisbo de entrar en la zona prohibida. Nunca menciona a su marido y, cuando la escucho hablar, me parece un equilibrista que salta sobre las palabras para no pisar las que implican la existencia de éste.

No hay un después de conocerle. Nada; ni el menor comentario sobre esa parte de su pasado y su presente. Su hijo no tiene padre… Ella no tiene marido…

BONIFACIO - (Sesenta y cinco años)

El pueblo tenía encanto y señorío, como demostraban varios escudos en las puertas de entrada de las fachadas principales, las grandes caballerizas y los trabajados hierros forjados de las ventanas y las verjas. Se notaba la proximidad de la ciudad de Salamanca, su cultura y su influencia a través del tiempo.

«¡Lástima! se reprochó Bonifacio a sí mismo. Hace tan solo un año hubieses venido completamente despejado, absorbiendo el paisaje con los ojos, no perdiendo detalle de los pequeños actos cotidianos de las personas que desfilan a través de las ventanillas del autobús no como hoy, que has dormido como un ceporro casi todo el viaje. La verdad: desde que me dieron la patada en el culo, tampoco es que duerma demasiado, y luego pasa lo que pasa»

Bajo del coche de Línea y subo por la calle principal hasta la Plaza Mayor del pueblo, con su iglesia rodeada de árboles, el Ayuntamiento y sus casas circundantes, de piedra. Que es a donde realmente me dirijo en ese momento. Primero información oficial, después oficiosa.

Cuando salgo de la casa consistorial no solo están ratificados los informes que consigo en Madrid, si no que los he aumentado sustancialmente.

Sin prisas, bajo un rabioso cielo azul y, un no menos rabioso sol, que acentúa las luces y las sombras de las casas de piedra aledañas a la plaza, voy buscando un estanco que recuerdo haber visto al subir. Los estancos y los bares son el equivalente masculino de los lavaderos y la fuente para las mujeres. Son testigos mudos. Ningún detalle de la historia pasa de largo a su lado. Un sitio de confidencias y chismorreos a nivel local y nacional. Te pone al corriente de las incidencias del día en cuestión de minutos. A mí, por la razón de ser forastero, me puede costar más, pero paciencia no me falta y el hecho de tratarse de un suceso ocurrido tanto tiempo antes facilitará las cosas. Es fácil que me encuentre con menos reticencias a hablar de un antiguo habitante del pueblo.

Por cierto, no solo las mujeres cotillean en las peluquerías y eso que no están los tiempos para semejantes lujos; pero los hombres también van a ellas y entre tijeretazo y tijeretazo… Estoy por asegurar que me puede venir bien cortarme el pelo antes de irme.

Cuando apoyo mi culo en un recoleto rincón sombreado con unas hojas de parra, todo mi cuerpo, sobre todo mis doloridas piernas, me recuerdan que ya no soy un niño.

En un bar, casi acodado a la Casa Consistorial, en una de las esquinas de la plaza, la vulgar silla de enea, con su cojín de manufactura casera, me parece digna de un rey, y el botellín de cerveza con el que ayudo a bajar hasta el estómago unos deliciosos huevos fritos con pimientos verdes y chorizo, pura ambrosia.

«La mañana, aunque productiva, solo se está mostrando interesante por una circunstancia muy llamativa, dado el personaje que estoy investigando. Dato pendiente de contrastar por más personas, pero del que no dudo. Según parece: *de casta le viene al galgo.*

Javier, al que investigo por encargo de Jorge, ha heredado la violencia, verbal y física, de su padre. También su apariencia. Dicen que es aún más guapo que su padre.

En lo que todos se ponen de acuerdo es en lo tremendamente listo que es de pequeño. Los otros chavales del pueblo del pueblo le huyen, tanto grandes como pequeños, ya que, si presupone que no puede con ellos por ser menor su envergadura, en vez de los puños emplea piedras cuando les pilla distraídos. El padre, más que odiado en el pueblo, por su extraña personalidad y por las constante palizas que da a su mujer y su hijo, sobre todo a su mujer, pero sobre todo por sus actividades como usurero, si es tolerado, por expresarlo de algún modo por sus vecinos, es únicamente por ayudar a la madre de forma silenciosa y solidaria. Otra cosa que le ayuda es el hecho de ser el hombre invisible. Pocas veces se le ve por el pueblo y, menos aún, en compañía de nadie. La madre, por el contrario, es muy apreciada por todos.

Efectivamente es el peluquero, un hombre ya mayor, que lógicamente conoce en su momento personalmente a todos, el que disfruta poniéndome al tanto de los datos que necesito. El drama de un chaval que a los once años pierde a sus padres, salpicado con sus propias ideas, resulta muy interesante. No le cuesta en absoluto ratificar lo de las somantas de palos que atiza el padre, a diestro y siniestro, a los suyos. Al contrario, revive el sentir de todo un pueblo, que lamenta profundamente la muerte de la madre y se alegra con igual intensidad de la del padre.
   Mientras, ameniza la conversación con epítetos como, el muy cabronazo, hijo de puta, maricón de mierda, cobarde... ¡Lástima que no le colgamos de un pino!

«Más claro... agua. Pienso al escucharlo»

Tengo que acudir a dos o tres sitios más antes de dar por concluida mi tarea: Ver la casa donde ocurrió el accidente. Preguntar a algún vecino y, sobre todo, hablar con el maestro del niño. El pueblo es grande, pero dado que tengo que pasar la noche aquí, me lo voy a tomar con calma.

La casa, de dos alturas, ubicada en uno de los extremos del pueblo y bordeada por una hermosísima arboleda, que prácticamente engulle la casa por dos costados, es amplia. Posee un corral con portalón en la fachada y se encuentra justo enfrente de unas eras. Se nota que es una casa bastante antigua, aunque bien conservada, e indica que es construida, sin reparar en gastos, en tiempos de bonanza económica. Realmente está bastante aislada ya que es la última edificación de la calle y, entre la anterior y ella, se encuentra el transformador del pueblo.

A la vivienda se la ve tan tranquila y apartada que irradia paz. Demuestra, como siempre, que la brutalidad habita en cualquier parte en donde se hallen personas crueles. El sadismo no se cobija en paredes ni muros concretos.

El rodeo con curiosidad, lentamente, buscando la sombra, y a continuación, en la seguridad de que los vecinos son los mejores confidentes, siempre y en cualquier circunstancia, encamino mis pasos a la casa más cercana.

Consigo, no solo corroborar la historia del peluquero, sino también algo inesperado por el poco esfuerzo que tengo que derrochar.

Hoy, Dios está de mi parte.

— ¡Elvira! — El grito sobresalta a un perro que sestea, bajo un banco de piedra, que le hace salir corriendo despavorido.

— ¡Qué pasa! — Contesta una voz de mujer desde dentro de la vivienda.

La propietaria de la voz abre la parte superior del portón de madera de entrada a la casa, que se encuentra solo entornada, se acoda en ella y, después de mirar a su vecina, me observa con curiosidad.

—Este señor… que viene de la capital, preguntando por… ¿Javier? —Frunce el ceño en un intento por recordar.

— ¿Qué Javier? — dice confusa.

Si mujer… El chico que estuvo en tu casa. El que casi se muere con sus padres.

— ¡Ah! ¿Ese? — contesta con cierto tono de extrañeza.

La tía Petra, tal como se acaba de presentar, hace unos minutos, ella misma, se vuelve hacía mí, con el orgullo reflejado en la cara, soltando:

—¿Sabe que soy yo la que le encuentro? ¡Ahí! — señala un punto cercano a nosotros, con el dedo índice tieso— caído en el suelo medio muerto, y aviso a los demás.

Estoy segura de haberle salvado la vida. Si no llega a ser por mí…

La curiosidad de las dos mujeres es absolutamente palpable. Disfrutan anticipadamente ante la perspectiva de enterarse de algo sabroso de un ex convecino, aunque lleve mil años sin residir en el pueblo. Además: ¿Quién no las dice, que lo que me puedan sonsacar ahora, no va a ser la comidilla de varios días en el pueblo? Y ellas de protagonistas.

Sé perfectamente que mí elaborada historia sobre unos papeles desaparecidos durante la guerra, sumamente necesarios en estos momentos para Javier, defrauda a ambas, que desean algo mucho más jugoso, pero, como a falta de pan, buenas son tortas, deciden tomar la iniciativa y ser ellas las que me ponen en antecedentes de la trágica historia de la familia. Y, además, una vez yo haya desaparecido de su vista, quien las va a impedir salpicar lo contado de chismes, más y más, suculentos.

—Pase, pase, buen hombre— me indica la amiga de la dueña, con firmeza, agarrándome de la manga e introduciéndome, en la que, en su momento, fue la casa de los padres de Javier. Ocupa con presteza las riendas del asunto.

— Elvira, mujer, saca un poco de anisete. Vamos a la fresca del corral y contamos a éste señor todo lo que sabemos. Después de que el pobre hombre se ha llegado desde Madrid.

«No consigo evitar que la mirada de admiración que me dedica, me haya hecho gracia»

Decidida a pasar un buen rato, me conduce a lo largo de un pasillo que atraviesa toda la casa, a la parte trasera de ésta, donde un recodo del corral, al lado del pozo, con la tierra recién regada y bajo la sombra de un hermoso árbol que soy incapaz de identificar, nos proporciona una deliciosa sensación de frescor. Nos acomodamos en nuestros respectivos sillones de mimbre, con la botella de anís al lado, los vasos y el botijo, por si a alguno de nosotros le apetece fabricarse una palomita y comenzamos a charlar.

— ¿No habrá problemas con la casa?, ¿verdad? Mi marido y yo la compramos junto con unas tierras que están cerca de las eras— señala con el abanico en una determinada dirección– a el hijo de los muertos… bueno quiero decir, al maestro. No, no, eso tampoco… no era de él.

Evidentemente nerviosa, se trabuca.

—La casa, al morir sus padres y... heredarla supongo... es del chico, pero al ser... pequeño... menor de edad... ¿Se dice así? ... alguien... no sé quién... decide que sus cosas, hasta que el muchacho sea todo un hombre... tenga edad...las arregle el maestro. Quería mucho al niño, ¿sabe? Y él decide todo lo que tiene que ver con la casa. Bueno nosotros también, claro...Tuvimos que ir varias veces a la ciudad, por el papeleo... pero mereció la pena...

«Dedica una ojeada cariñosa a las paredes de la casa.

Una vez debidamente tranquilizada, respecto a sus propiedades, se muestra extraordinariamente dicharachera y me invita, con gran entusiasmo por mi parte, a enseñarme la casa. ¡Vaya forma de evitar tener que sugerirlo!

El interior de la casa consigue que una idea empiece a germinar en mi mente.

No me gusta basarme en instintos, sino en hechos, pero estoy cuestionando sucesos acaecidos hace un montón de años, por lo tanto, la intuición tiene, casi, tanto valor como lo que ya me es imposible observar por inexistente. Y un repetitivo pensamiento chirría en mi cerebro»

JAVIER

«Tengo que reconocer que la vida me mira con benevolencia. Bueno, más bien yo la obligo a que sea benevolente conmigo. Por las buenas o por las malas.

Una vez más, me dispongo a poner el destino de mi parte. Este, en contra de la opinión de la inmensa mayoría de los humanos, le creamos nosotros. Al final nadie nos puede obligar a hacer nada que nos resulte aborrecible. Como mínimo siempre nos queda la baza suprema: el suicidio.

 Cuando nacemos todos tenemos que jugar nuestras cartas, y, ¿quién nos impide hacer trampas? La predestinación no existe, es una de las tantas y múltiples creencias inculcadas a los pueblos para que no se rebelen ante las injusticias impuestas y las estúpidas decisiones de los que están, en esa época en el poder. Siempre en beneficio de amasar la mayor cantidad de dinero en el menor tiempo posible y repartir entre unos pocos, éste, y las ansias de poder inherentes en todos los humanos.

Ninguno de nosotros puede evitar el estallido de una guerra civil, pero si hacer todo lo posible para que nunca le pongan una medalla por valiente, ni ofrecerse voluntario para cumplir estupideces heroicas»

El papel del enfrentamiento nacional y sus madrinas de guerra, es definitivo para mí futuro.

Una pequeña parte de nuestro regimiento es desplazado al norte de León. Está comenzando el segundo verano de la guerra civil, y aún las penurias de ésta no han llegado a todas partes. Desde luego no a ese pueblo aislado por montañas, aún verde, a pesar del estío, con su riachuelo con pequeñas cascadas, y que parece sonriente y, sobre todo indiferente, a lo que ocurre en el resto del país.

Antes de nuestra recalada en el pueblo, en el Ayuntamiento se han desarrollado durante varios días agrias discusiones sobre la conveniencia o no, de celebrar las fiestas patronales de la Virgen, con un no mayoritario de los que, por razones obvias, se ven obligados a decir no, y un aún más mayoritario desagrado, de la gente que ve diluirse sus esperanzas de unos días de olvido y alegría. Hasta qué… llegamos nosotros.

Todo el mundo sale con gritos de alegría a recibir al pelotón de reconocimiento que se acerca y, rápidamente, las autoridades: alcalde y a la vez médico, secretario y maestros, nos hacen los honores.

Prácticamente, lo primero que deciden, una vez que nos autorizan, teóricamente, a ubicarnos en la arboleda próxima al río, es, que no solo se celebran las fiestas, sino que incluso se adelantan más de un mes, y van a dar comienzo con una cena y baile, esa misma noche, en la Plaza Mayor del pueblo.

Según dicen es lo mínimo que pueden hacer para dar moral a las tropas.

— ¡Hola! ¿Eres muy joven? ¿No?

Directa, como compruebo más adelante, la mujer, me lanza la pregunta.

—Hola—respondo sobresaltado. No la he visto ni oído llegar, ocupado como estoy en ayudar a levantar la tienda, y no me gustan demasiado las sorpresas.

— ¿No piensas contestarme? ¿No eres demasiado joven para estar aquí? —insiste.

—En el Ejército no han opinado como usted... señora— respondo, alargando un poco la palabra señora.

Me mira entre ofendida y divertida por mi descaro al llamarla *vieja*, pero debe decidir que se lo ha buscado, porque cambia radicalmente de tema.

— ¿Cuántos sois en total? — Lanza la pregunta al aire, claramente sin curiosidad, sino más bien, con carácter especulativo.

—Es una irresponsabilidad hacer esa pregunta a simples soldados. Puede ser usted una espía del otro bando — contesto con sorna.

Mi burlona respuesta hace reír a más de uno, lo que provoca el que después de dedicarme una larga y reflexiva mirada, se vuelva a mi compañero más próximo para explicar sin venir a cuento:

—Lo lamento, pero no creo que veáis una mujer cerca en el tiempo que falta hasta la   hora del baile, y menos a las más mocitas. Supongo que están como locas arreglándose el pelo y preparando sus mejores galas para ésta noche.

—Ah!, pero entonces, usted, ¿no es una mujer?—suelto, socarrón. Ahora sí que se enfada. Se da la vuelta dispuesta a irse, pero tengo tiempo de observar el rubor de su cara y cierta mirada de curiosidad en sus ojos.

—Excúseme—digo, a la vez que agarro con una mano el asa de una cesta que lleva y tiro de ella suavemente, obligándola a volverse en mi dirección— Pongo mi mejor gesto de contrición en un intento de reconciliación entre ambos—Llevo tanto tiempo sin compañía femenina que he perdido por completo los modales.

Me escrudiña detenidamente, tiempo que yo empleo en hacer lo mismo, y descubro varias cosas interesantes: que no es tan mayor como me ha parecido en un primer momento; que sus ojos oscuros, con motas doradas, tienen un aire travieso y que el movimiento que hace, al retirarse, con ambas manos, unos mechones de pelo de la cara, deja más al desnudo un cuello largo y esbelto, que proporciona un aire noble a su figura.

No sé la razón. Quizás la he puesto algo nerviosa, porque de repente comienza a tutearme.

—Eres un absoluto descarado, pero no creo que sea el momento adecuado para escuchar idioteces. Ayúdame a encontrar a tu capitán. Necesito hablar con él— ordena sin contemplaciones.

Su voz no admite réplicas y, de repente, se nota cumplidamente que es una persona acostumbrada a dar órdenes y a ser obedecida.

En silencio la acompaño los pocos pasos que nos separan de la tienda del capitán y, con un simple saludo, la dejo en manos de su asistente.

Un momento después la vemos bajar hacia un camino de tierra, acompañada por nuestro oficial superior y señalar un carro tirado por dos mulas que, lentamente, se acerca a un costado del soto donde nos estamos asentando, y en el que acto seguido para.

Un poco más tarde, varios de nuestros compañeros, a una orden del oficial, comienzan a bajar cántaras de leche, hogazas de pan, huevos, e incluso exquisiteces del tipo de aceite y jabón casero. Al poco tiempo el aire huele a pan caliente y a toda la milicia se nos hace la boca agua.

«Cuando el campamento vuelve a su relativo orden y tengo un momento de descanso, busco la soledad. Voy hacia el río, me siento en un peñasco cercano a una formidable torrentera, bajo la fresca y deliciosa sombra de unos álamos y, mientras tiro piedrecillas al agua, me dedico a rememorar la conversación mantenida con la desconocida. No tengo más remedio que reconocer que es una mujer bastante especial y con carácter, cosa por otra parte no demasiado habitual en un país como el nuestro, en el que la mujer ocupa un espacio mínimo. Me digo a mi mismo que esa noche en el baile he de buscar la ocasión de enterarme de, prácticamente, todo lo relativo a ella.

Me voy a emplear a fondo en conseguirlo

La veo nada más llegar a la plaza. Está sentada en la mesa presidencial a la derecha del alcalde. Al otro lado está mi capitán, por lo que no tengo que ser un lince para deducir que es todo un personaje en el lugar. Todos se dirigen a ella con el tono deferente y obsequioso que, incluso sin darnos cuenta, la mayor parte de los mortales, mostramos ante una persona que social o económicamente pertenece a un nivel superior.

Me limito a observarla de lejos, disimuladamente, ya que ella, Begoña, como han puesto en mi conocimiento, un momento después de dar una vuelta por la plaza, también parece haber acechado mi llegada y dirige, hacia mí, con el rabillo del ojo, miradas indiscretas

Un traje de dos piezas, oscuro y magníficamente cortado, que entalla su cuerpo proporcionado y, el moño bajo, que destaca su cuello delicado, de finas líneas, la hace resaltar entre la vulgaridad de los demás. No es una belleza, pero un encanto especial, la convierte en una mujer atractiva. Los rostros sudorosos de los hombres y las caras encendidas de las mujeres, ambos, con la ropa de los domingos, no hacen sino subrayar con más intensidad su diferencia. Tiene clase. El tipo de distinción adquirido cuando naces en buena cuna.

La cena es una maravilla para nuestros estómagos, hambrientos y sedientos de las cosas que, antes de la guerra, se podían considerar, en algunos hogares, más o menos frecuentes, pero que en estos tiempos son auténticos lujos lejos de nuestro alcance. Aprovecho todas las oportunidades que tengo, que son muchas, de preguntar, siempre de forma discreta, quien es ese personaje tan homenajeado y, al momento, obtengo un retrato completo de la dueña y señora de la Casa Grande o de la Casa del Peñasco.

«La historia es bastante vulgar. Hija única. La muerte causada por la viruela, de dos hermanos, ambos varones, en la infancia, la convierte en la heredera de los mayores hacendados del lugar. Desde tiempo inmemorial, los poseedores de ese enorme latifundio, lo han incrementado a través de matrimonios de conveniencia. Sus padres, siguiendo la costumbre, la hacen casar, siendo muy joven, con el terrateniente más rico de una de las provincias colindantes, para de nuevo consolidar aún más su fortuna. Pero ocurre un imprevisto. Desafortunadamente, o puede que no, el marido muere de tuberculosis pocos años después y la deja viuda, sin hijos y, por lo que parece, sin ganas de volver a casarse.

Al morir sus padres toma las riendas de la hacienda con bastante acierto y según todos, es competente y se hace respetar>>

Espero una oportunidad para poder acercarme a ella, pero no va a resultar sencillo. O eso creo.

Me entretengo bailando, sin perderla de vista, con un par de lugareñas ruborosas y acaloradas y, cuando se produce, con sorpresa por mi parte, un vacío en la silla de mi mando superior, que se encuentra obligado a bailar con la mujer del alcalde, me aproximo a ella.

– ¡Hola otra vez! O me perdona o me entrego al enemigo— digo con desenvoltura, como si esa situación fuese la más natural del mundo.

No sé si es mi descaro al acercarme a ella de esa forma, sin ningún protocolo ni formalidad previa, la frase, o simplemente que ha tomado alguna copa de más, pero se echa a reír con una carcajada contagiosa que hace volver hacia nosotros las caras de todos.

—Vamos a bailar— responde— Así estaremos menos expuestos a las miradas de media humanidad.

—Me encanta la idea. Voy a poder rodearla con mis brazos y hablar en susurros, incluso ante el representante de La Iglesia que, por cierto, no hace otra cosa aparte de observarnos.

— ¿Nunca habla en serio? — pregunta curiosa.

— Pocas veces va escuchar algo tan serio como que deseo abrazarla.

—Espero un comportamiento prudente por su parte, o puede que tenga que abandonar la idea de bailar con usted— contesta con un mohín de contrariedad.

—No, por favor. Seguro que va a ser el recuerdo más dulce que voy a tener en lo que dure esta maldita guerra.

«En esta ocasión no miento.

El baile se prolonga un poco más de lo correcto para los lugareños, que nos lo hacen saber a base de cuchicheos y cabezazos en nuestra dirección.

Es la primera vez que les damos tema de conversación para una larga temporada, pero espero que no sea ni mucho menos la última.

Cuando se levanta el campamento y me voy de allí, me llevo lo más importante: su consentimiento para escribirla y su promesa de que, de forma regular, voy a recibir sus cartas. Eso es lo que me propongo desde el primer momento y lo consigo. Otra vez los ases de la baraja están en mi mano.

««Sin saberlo ninguno de los dos, nos estamos introduciendo en una corriente que, más adelante, se convierte en habitual: la correspondencia entre los soldados y, las que más tarde, son denominadas *madrinas de guerra*. Van a ser las encargadas de dar moral a los combatientes de ambos bandos, suministrarles productos básicos, como tabaco y jabón y como no ropa, generalmente, confeccionada por ellas mismas, como jerséis y calcetines; y si las circunstancias lo permiten, incluso alimentos»

En lo que España está en guerra solo la vuelvo a ver otra vez. Es tres meses antes de casarnos.

EVA

«Afortunadamente, *él*, su nombre se me atraganta incluso en el pensamiento, va estar casi toda la semana viajando. Necesito éstos descansos físicos y sobre todo mentales. Soy como un reo condenado a reiteradas torturas, al que le conceden esporádicas vacaciones.

 Sus ausencias me vienen muy bien para mi *otro* objetivo. Puedo ahorrar en la comida, infinitamente más que estando Javier. Le gusta la buena mesa y, tal como están las cosas, con tanta escasez, comer bien es caro y difícil cuando resulta problemático encontrar productos indispensables. Para complicar más mis propósitos, siempre, de sus viajes, trae alimentos imposibles de encontrar en Madrid, incluso en el mercado negro. Compro, para comer yo, las cosas más baratas posibles, con el fin de reunir cuanto antes el dinero que necesito. Disfruto como una avarienta viendo crecer, poco a poco, la cantidad, y calculando cuanto puedo necesitar aún. El, cuando está en Madrid, me da el dinero a diario y, con cuenta gotas, cuando se marcha de viaje. En el fondo debe temer que, si cuento con cantidades más grandes, se me ocurra emplear el dinero en huir de su lado.

Evidentemente, al niño, no le privo de nada; no soy capaz de algo así.

Cuanto más cercana veo la hora de nuestra libertad más ánimos poseo para aguantar, más y mejor, sus golpes, sus insultos y sus asaltos en la cama. ¡Ya qué más da!

Solo tengo miedo de una cosa. Algo en mi comportamiento le está llamando la atención y, a veces, me mira con una expresión de curiosidad que no he observado antes. Mi actitud, en alguna circunstancia, le choca, y lo malo es que no sé de qué se trata. Quizás mis ojos me traicionan o muestro una seguridad en mi misma que antes no he demostrado. Debo controlarme y mostrarme sin voluntad propia, como de costumbre.

Ha robado la esencia de mi ser. Mi seguridad como ser humano, mi autoestima y mi personalidad. Me ha anulado como persona y más tarde tendré que aprender a reconstruirme a mí misma. Sé que puedo. Porque me lo debo y por mi hijo. Lejos de su influencia estoy segura de que me voy a volver a valorar y respetar de nuevo y, una vez conseguido eso, lo demás ha de venir sin excesivos esfuerzos por mi parte.

El niño, Daniel, es mi gran soporte y mi gran ayuda. Me enseña el significado de la palabra amor. Nunca pude imaginar que se pueda querer tanto a otro ser, a una personita tan chiquitina. Una vida tras otra son pocas, para ofrecerlas, en caso de necesidad, a cambio de la suya. He tenido que ser madre para comprenderlo y es verdad lo que se dice de "que a los hijos se les quiere tanto, que duele". Por mi hijo soy capaz de matar. Posiblemente lo que no soy capaz de hacer por y para mí lo pueda hacer por Daniel, y jamás, me juro a mí misma, que jamás, aunque solo sea por protegerle, voy a dejar que ningún hombre me esclavice.

¡Cómo ríe y disfruta Daniel con Jorge! Cuando le ve acercarse, se le ilumina la cara de alegría y tiende los bracitos para sentirse estrechado por él. La complicidad que se supone debe tener con su padre y que no existe entre los dos. Sin poder evitarlo, pese a lo que odio a mi marido, me produce dolor el comparar la diferencia de reacción con su padre.

Mayor es el desasosiego que me produzco yo, si me analizo y reconozco que, infinitamente mayor que la de mi hijo, es la felicidad, que, a mí, me anega al verle.

No sé si me estoy volviendo una cínica, es pura desesperación o simplemente no estoy dispuesta a volver a dejarme engañar por nadie, y menos por mí misma. Es el mayor de los desatinos y no estoy dispuesta, así que lucho por superar los absurdos sentimientos de culpabilidad por los sentimientos que me despierta Jorge, y dejar que, por algunos resquicios, la dicha pueda penetrar en mi penosa existencia. Creo merecer, como todo el mundo, mi parcelita de felicidad. Me la he ganado a pulso y no está en oferta.

Curiosamente tengo que darme de bruces con lo que ven los demás, para abrir mis sentimientos a la evidencia. Me alegro. Me han abierto antes los ojos y me han hecho decidir qué es lo que quiero, y no acobardarme por la fórmula que tenga que emplear para conseguirlo. Por muy despiadada que ésta pueda ser>>

Hace unos días, se nos acerca, cuando nos encaminamos juntos a nuestras respectivas casas, como es, prácticamente, un rito diario, una de las mamás y me dice, tras hablar un momento con Jorge, ya casi como despedida:

— ¡Que tranquilidad la tiene que proporcionar el estar casada con un médico! — Comenta sin poder evitar un cierto aire de envidia en su voz.

Se crea un pequeño instante de silencio que solvento con un:

—No es mi marido, es un gran amigo de la familia— Miento como una bellaca. Aunque el rubor de mi cara desmiente mis palabras.

—Perdonen... Creí que...—se disculpa, bastante aturdida.

—No tiene importancia—remacha Jorge.

Se despide definitivamente, no sin antes echar una furtiva mirada, bastante escandalizada, a los dos.

Le veo llegar al parque con cara de circunstancias, pero decidido, a pesar de no saber cómo va a ser recibido, por mi parte, después del incidente del día anterior.

Sé que, por primera vez en mi vida, contravengo las normas y doy lugar a pensar que soy una mujer atrevida. Sabe que no soy viuda, que por lo tanto existe un marido, y el hecho de que le diga alto y claro, sin tapujos, lo que realmente opino de nuestra relación, puede propiciar que piense en traspasar todos los límites.

—Jorge, no quiero asustarte con lo que voy a decir, pero espero que no te dejes llevar por los convencionalismos. Ambos disfrutamos con estos frecuentes paseos, inocentes hasta la saciedad, y lo que pueden creer otras personas, a los únicos, que al final, perjudican es a nosotros.

Jorge evidentemente espera que, de opinar, yo, algo al respecto, va a ser absolutamente de signo contrario, y aunque quiere poner cara de póquer, no consigue evitar mostrar sorpresa. De todas formas, mi comentario es lo suficientemente ambiguo como para no conocer mi línea de pensamiento en su totalidad.

— ¿Lo dices por el inoportuno comentario de ayer en el parque? Si. He pensado mucho en ese incidente y necesito sacarte de tu error. Aquí y ahora, la única perjudicada puedes ser tú. Yo no tengo nada que perder, soy soltero y… Aunque sabes que las leyes en España son muy severas con el adulterio… (La palabra se mantiene como una burbuja unos instantes sobre nosotros antes de explotar en nuestros oídos). No quiero ni pensar en que alguien, malintencionadamente, nos denuncie…— Decir ésta última palabra le cuesta un triunfo, pero su honestidad no le permite dejarme ignorar la posibilidad de una denuncia por parte de cualquiera

No le dejo continuar.

— Sé que mi comentario puede llevarte a pensar que soy una mujer… extraña. Que lo que ha pasado debe conseguir que reflexionemos y hacer que no nos veamos de forma tan habitual, como mínimo, e incluso para siempre, pero yo, personalmente, no quiero renunciar a un momento tan especial del día; y espero que tú tampoco pretendas prescindir de él. —digo con total determinación.

Es tal su convencimiento de que es precisamente eso lo que trato de exponerle, el dejar de vernos, y no lo contrario, que su cara se convierte en todo un poema. Primero refleja extrañeza, después un asombro infinito y por último una alegría que le inunda los ojos. Hasta su piel parece iluminarse y sus sensibles labios esbozan una llamativa sonrisa, de puro entusiasmo, improcedente, de no saber qué la provoca.

JAVIER

«Desde hace varios meses no sufro ese problema, pero llevo unos días en los que de nuevo tengo sueños recurrentes con… *la otra.*

Qué extraño, que fácil me resulta poner en marcha todo, y eso que, por experiencia, estoy al tanto de que, en los pueblos, se sabe íntegramente lo que ocurre y… lo que está a punto de ocurrir en las casas de los demás.

Es la recién estrenada posguerra la que me ayuda. Todos están demasiado ocupados en resistir, el día a día, y en tratar de sobrevivir a los estragos dejados por la maldita confrontación, que tienen la guardia baja, pero, sobre todo, es el estar tan aislados de la ciudad e incluso del pueblo más cercano. La entrada a la localidad no es fácil por su escabroso acceso debido a sus pronunciadas pendientes. El estar ubicado en plena cordillera Cántabra, en una zona tan elevada, le hace quedar incomunicado frecuentemente, en invierno, cuando llegan las intensas nevadas. Esa circunstancia la protege durante la guerra. Eso y el ser prácticamente autosuficiente.

También ese aislamiento me ayuda a mí.

Resulta gracioso. Se encuentran todos tan preocupados por lo que nos puede suceder en el futuro… que no ven a dos palmos de sus narices… el presente.

¡Qué sencillo es crear el bulo de que se han visto soldados rebeldes republicanos relativamente cerca del pueblo!

Unas palabras aquí, otras allá y, más tarde, cuando todo ocurra, la mayoría de los habitantes se arrogarán el derecho de ser los primeros en haber dado la noticia y, como consecuencia, resulta una verdadera lástima que, los ignorantes de costumbre, no les hayan hecho caso.

Una vez que genero el caldo de cultivo necesario, no tengo otra cosa que hacer que dejar pasar los días a la espera del momento oportuno.

Es imprescindible aguardar a que las noches sean frías, sumamente sombrías y que la nieve forme un grueso manto sobre el pueblo.

Es forzoso que la Luna colabore alumbrando lo menos posible y que los colores sean grises sobre negro. Sobre todo, negro. Llevo dos meses estudiando el terreno, paso a paso, y el camino ya consigo recorrerlo en la más absoluta oscuridad.
El tiempo, salvo en lo relativo a la nieve, que no termina de cuajar lo suficiente para mis objetivos, empieza a deslizarse a un clima más severo, dado que estamos casi en noviembre, pero no tengo necesidad de preocuparme; si algo me sobra es tiempo, un tiempo con cierta calidad viscosa que me envuelve y no me deja respirar»

La culpa es de Begoña.

Lo último en lo que *yo pienso es en tener hijos*. No supongo bajo ningún concepto que una mujer que no los ha tenido en su primer matrimonio y que ya no es ninguna niña, se quede embarazada, y menos... tan pronto.

Al menos los hados se ponen de mi parte y con solo ver la expresión de la cara de mí mujer, irradiando felicidad, es como si me hubieran soplado en el oído la impresionante noticia:

—Javier, vamos a tener un hijo— La muy majadera me mira, brillantes los ojos, luminosa la piel; como transfigurada. Solo la falta el halo luminoso de los santos que llenan las iglesias.

Intento, por todos los medios, que mi actitud sea lo más acorde posible con la suya y, forzando los músculos de mi boca, convierto la mueca que quiere formar, en la más entusiasta de las sonrisas, la agarro por la cintura y la doy una voltereta en el aire.

Eso me permite ganar unos instantes preciosos para montar el espectáculo, de cara a las personas que están en la habitación, además de nosotros. La muy estúpida no ha esperado a que estemos solos; ni siquiera a decírmelo a mí el primero. La galería de rostros que nos miran con cara de bobalicones lo confirma.

—Perdona que no te lo haya dicho en la intimidad, a ti antes que, a nadie, pero ha sido superior a mis fuerzas. No he podido contenerme. Es mi mayor deseo y se está convirtiendo en realidad— Su radiante sonrisa contradice sus primeras palabras.

—Por favor Begoña. Tengo que asimilar lo que dices. ¿Estás segura? — Lanzo una mirada al doctor que, con rostro de circunstancias y una medio sonrisa jocosa nos contempla. Asiente con la cabeza y mi malestar continúa aumentando.

—Entonces, ¿todos esos problemas de salud que notabas éstas últimas semanas, se deben a eso? — Nuevo asentimiento de cabeza por parte del doctor y de Begoña.

—¡¡Sí!! — Un sí rotundo, entusiasta y definitivo, por parte de Begoña.

Da la impresión de que todos los presentes únicamente esperaran esa afirmación triunfalista, para abalanzarse a ser los primeros en darme la debida felicitación por el nacimiento del primogénito del matrimonio.

Primero los caballeros, con cierta solemnidad, y después las señoras con besos en ambas mejillas y miradas de ojos acuosos, dan vueltas a mi alrededor…. luchando por decir las palabras más adecuadas para la ocasión. Ninguno lo consigue, solo manidas expresiones, pero escucho una frase de la incipiente madre que me atraviesa el cerebro:

— ¡Saturnina, llena las copas de todos! ¡Tenemos que brindar por el futuro heredero de la Casa Grande!

Cuando incluso para todos los asistentes a la escena, no solo para mí, queda clara que su presencia sobra y se marchan: para todos menos para Begoña, que no ha disfrutado aún lo suficiente de hacer patente su felicidad en el seno del matrimonio y su futura maternidad, es cuando siento, por primera vez, que tengo que hacer algo. Pronto, muy pronto, y, sin ningún género de duda, antes de que nazca el niño.

EVA

Soy contradictoria, pienso en vergüenza, cuando paso totalmente de ella, y si esto es poco, estoy jugando con fuego. Si
Javier se entera de nuestros encuentros, me cuesta la vida. Con
absoluta seguridad.

Pero, ¿a quién hago daño? ¿A Daniel, que es feliz en los brazos
de otro hombre que no es su padre? ¿A unos padres muertos?
¿A una sociedad hipócrita? ¿A Jorge y a sus encantadores ojos,
que me hablan sin mentiras y me dicen todo lo que su boca calla? ¿A mí misma?

Tengo respuesta para todas mis preguntas.

 No me queda nadie ante quien abochornarme. Solo Dios, y
creo que El mejor que nadie me comprende. Me merezco una
brizna de felicidad de la misma forma que Daniel se merece un
buen padre. Estoy profundamente enamorada de Jorge, y lo sé;
de la misma forma que también sé que Jorge me adora. Y esta
vez no me equivoco.

Estoy enamorada. Terriblemente enamorada. Siento por Jorge
un amor con mayúsculas.

No quiero ponerme excusas sensibleras, pero la realidad es que no ha sido un sentimiento ni buscado ni deseado. Llega, sin más. Le noto acercarse y no me opongo. Le dejo recorrer mis venas como agua mansa, sin hondonadas ni torbellinos y que me inunde entera. Como lluvia se escurre por mi epidermis y se desborda por mis ojos que, lloran en su ausencia y hurto en su presencia. Rebosa al más mínimo contacto, como agua de deshielo en los primeros calores. Eso está consiguiendo conmigo: deshelarme. Me he convertido en un témpano de hielo, al que ni siquiera las sonrisas de mi hijo logran arañar la superficie, y que… sin necesidad de calor… se vuelve agua a su lado.

Cada día aprendo un poco más a fragmentar mi vida en momentos. Creo que, de alguna forma, todos lo hacemos, pero yo los vivo al límite. Soy un péndulo. Aquí, allí; allí, aquí. Voy y vengo. Voy y vengo y termino mareada con tanto vaivén. Pero no puedo prescindir de mis instantes de dulce amor a escondidas. Sin ellos no puedo aguantar la mentira en la que desgraciadamente estoy inmersa… ni esperar un segundo más a… No sé a qué…

Esos minutos que pasamos juntos, casi a diario, son un bálsamo para mis heridas, que Jorge, afortunadamente, no conoce. Reconozco en su mirada la mía. Sus hermosas manos cuando me rozan, casualmente, al intercambiar al niño de brazos, me incitan a la caricia prohibida, pero a la caricia dulce. Recorrer con mis manos sus mejillas, perfilar con un dedo sus tiernos labios, rozar su nuca.

Caricias suaves, delicadas como soplos, que siempre han dicho mucho más que los meros contactos sexuales, y que son como pequeños poemas de amor que, al final, escriben una vida.

Me imagino cómo puede ser vivir con Jorge, pasado el revoltijo de la pasión de los primeros años en común, ambos ya mayores, sentados cerca el uno del otro, leyendo un libro, levantando la mirada con una sonrisa cómplice y tierna, el ligero contacto de nuestras manos, diciéndonos sin palabras: estoy aquí y siempre voy a estar. Te necesito.

Estoy esperando. Cuando todo pase, tenemos que olvidar los convencionalismos sociales y las normas sobre lo correcto y lo incorrecto en el trato entre hombre y mujer, y pretendo decirte: aquí me tienes.

No vas a necesitar pedirme ni suplicar nada. Únicamente tienes que tener paciencia. Ahora mismo pese a mi desesperado amor por ti, mi cuerpo se rebela al pensar en… actos íntimos. Solo con infinita lentitud y con infinito amor puedes despertar mis instintos dormidos, caricias muertas, deseos perdidos en horizontes de brutalidad y brumas de inconsciencia.

Al principio, si ese principio llega a existir, te voy a pedir que me acunes entre tus brazos y, sin más demostración de cariño que un suave beso en los labios antes de dormirnos, me dejes apoyar mi cabeza en tu hombro sabiendo que no voy a ser sacada del sueño, de forma brutal, por un hombre que me tiene para su uso y disfrute, como si yo, y no él, merezca ser tratada como una bestia.

JAVIER (Treinta y cuatro años años)

Me llevo un buen susto, pero ha durado poco rato; lo justo para reflexionar. Al contrario de lo que pienso en un principio, es un día de suerte.

Salgo muy temprano de caza, con los dos perros de La Casa del Peñasco, como también la llaman los lugareños. El caballo, un espléndido animal, al que llamo Vinci en honor a Leonardo; regalo de mi mujer, como todo, pienso con ironía, tiene ganas de correr y dejo que se desfogue a placer. Más tarde vamos a un trote ligero, disfrutando del tranquilo aire de la mañana, hasta llegar a un monte boscoso bastante alejado de la finca. Resulta atractivo el lugar. Se está terminando la época de la perdiz y los surcos de los rastrojos cercanos a los árboles, invitan a realizar un último intento de cazarla.

Estoy atando a Vinci en un claro del bosque, en una zona de sombra, cuando los perros empiezan a ponerse nerviosos y a querer internarse en un conato de sendero entre la maleza. Por más que los llamo no obedecen y me urgen a que los siga. Reconozco que lo hago por curiosidad. ¿Quién sabe si una liebre los está tentando?

La subida se me hace interminable entre la abundante y molesta maleza y pienso en desistir, ¡malditos animales!, cuando éstos, por fin, se paran, y entre gruñidos empiezan a arrastrar algo.

Me detengo en seco. El instinto de conservación me hace tirar de cabeza al suelo Lo que veo es más que suficiente para ello.

Uno de los perros tira del tobillo y levanta la pantorrilla de un hombre con botas de estilo militar… No me encuentro, en este instante, en condiciones de hacer adivinanzas sobre el bando al que pertenece su propietario.

Cuando me atrevo a levantar la cabeza para mirar, *el valor es de idiotas,* observo extrañado que la situación, prácticamente, no ha variado y que la pierna da unos vaivenes raros de algo inerte. Al otro perro no logro verlo; unos matojos le tapan, pero a juzgar por sus ladridos y gruñidos colabora activamente con su compañero.

Tengo que actuar. Mi situación no es ventajosa ya que él individuo se encuentra casi en la cima, en una posición un poco más alta que la mía y, si yo he logrado ver algo, es por el aviso de los canes, y por estar prácticamente en su diagonal.

Decido que, mientras los perros le entretienen, voy a alargar la distancia dando la vuelta por detrás de él para poder pillarle por la espalda y cogerle desprevenido.

Desde arriba, con la máxima cautela, agudizo los sentidos y observo que el individuo o está desvanecido o muerto; de lo contrario ya hubiese intentado quitarse de encima a los perros. Salvo por los ladridos de estos, y el de mi agitada respiración, no se escucha otro sonido. Incluso los pájaros parecen, tras un primer momento de algarabía, alarmados por los ladridos de los perros, haber huido del sitio donde nos encontramos hombres y animales.

Solo hay un hombre y en efecto, está bien… pero que bien… muerto. La postura del cuerpo cuenta la historia. Se trata de una ejecución. Un disparo en la nuca, después de ser obligado a colocarse de rodillas, ha terminado con la vida de la persona que se encuentra a mis pies.

La guerra acaba de terminar, pero los odios no.

En la finca y en el pueblo los rumores son constantes. Que si fulanito se ha pasado al enemigo, que si menganito está escondido con los denominados maquis. Yo, simplemente, los llamo estúpidos a los unos y a los otros.

Todos sabemos de sobra que la resistencia se está formando en el norte del país y que, gente de los pueblos aledaños a las montañas, reciben a estos soldados rebeldes para ayudarlos a aprovisionarse y también para intercambiar noticias de sus familiares y de las de otros compañeros de armas, menos afortunados, que no han logrado sobrevivir a la contienda. Se encargan de comunicar los detalles que conocen sobre la muerte de éstos y donde pueden estar enterrados. Y, cómo no, lo más importante: informes sobre los vivos que han sido hechos prisioneros y donde se supone que se encuentran encarcelados.

Esta y otras mil ideas distintas han pasado a velocidad de un rayo por mi mente, pero sobre todo el miedo me atenaza paralizando mi cuerpo.

La muerte, los muertos y yo no nos llevamos bien. Desde niño me persiguen en mis pesadillas, sin poder evitarlo y su olor azufrado y sus caras distorsionadas por el sueño, forman parte de mi cotidianidad y de mi odio a dormir.

Los nervios se enroscan alrededor de mi estómago y éste me pesa como un pedrusco, mientras que el corazón actúa por libre, latiendo de forma disparatada. Palpitan mis sienes y las venas de mi cuello y me encuentro tan ofuscado que pierdo el control. Otra vez me tiro al suelo y, gateando y jadeando como un poseso, subo el tramo que me falta hasta la cima, para tener una visión más amplia del lugar en que me encuentro y poder divisar el otro lado de la colina. Puedo no estar solo.

Por si todo esto es poco, mi instinto me dice que algo falta o sobra en la escena que se encuentra a pocos pasos de mí.
Tardo en reaccionar. Únicamente me ocurre cuando no soy yo el que controla la situación por eso procuro, que este supuesto, no suceda nunca.

Únicamente cuando compruebo que no hay una triste alma a la redonda, que solo estamos los animales, el muerto, y yo, soy capaz de reponerme y poniéndome en pie acercarme a sus despojos. Nada más aproximarme me doy cuenta de que es lo que llama mi atención: por debajo del cuerpo asoma la culata de un máuser. Los perros la han dejado al descubierto.

 Algo asusta al asesino o asesinos. Quizás el fugitivo, un teniente republicano, como compruebo a continuación, no estaba solo y se ven en la necesidad de salir por piernas.

Observo claramente que lleva poco tiempo muerto. Seguramente ha sido eliminado la noche anterior.

Me siento de espaldas al cuerpo del muerto, para dar tiempo a mis piernas a tranquilizarse y recuperar una función tan normal como la de sostener mi peso. Realizo varias inspiraciones profundas, con el fin de recobrar la normalidad en la respiración y ayudar a mi mente a serenarse, cuando la idea cruza mi cerebro.

Efectivamente, este episodio me puede ayudar mucho, mejor dicho, resultar definitivo, pero antes tengo que enterrar el cuerpo… entre otras cosas.

JORGE

«Llevo dos días sin ver a Eva y tengo hambre de ella, de toda ella. Siento como si llevara un tiempo infinito sin sentir su mirada en mi rostro, sin los pequeños contactos de nuestras manos y su encantadora voz. Casi siento envidia de Daniel cuando le susurra cosas tan dulces para hacerle dormir.

Pero no solo pienso en cosas delicadas y tiernas, aunque puedo vivir varias vidas conformándome solo con eso.

Que Dios me perdone, la deseo a toda ella. Sí; deseo perderme en su cuerpo, besar cada poro de su piel y enterrar mis dedos en la masa de su pelo. Verla abrasarse de infinita pasión y hacerla anhelar con ansia el contacto de mis labios y de mis manos mientras estas se deslizan por sus pliegues más ocultos e íntimos. Unir nuestros cuerpos en un remolino de sensualidad que provoque dolor en la piel, de pura y deliciosa excitabilidad. Que cuerpos y almas, al unísono, tiemblen de sufrimiento y placer y estos se vayan incrementando hasta el estallido final, el remolino del clímax, que te transporta a otras dimensiones de las que no quieres regresar jamás.

Sueños y emociones pecadoras que no puedo, ni tampoco quiero, evitar.

Si existen los milagros pediría éste: que algún día me duelan las manos de tanto recorrer su cuerpo»

JAVIER

Tengo mi tiempo estrictamente compartimentado y así va a ser hasta el momento final.

El espacio de Begoña, el más importante, no de forma personal, por supuesto; sino de cara a los demás.

Las dos o tres horas que dedico cada tarde a los *notables* del pueblo, en la zona noble del casino, jugando a las cartas o al dominó; dejando siempre bien patente que me voy con las prisas propias del recién casado al que le remuerde la conciencia cada rato que disfruta lejos de su mujercita, pero, sobre todo, el entusiasmo que experimento y lo agradecido que estoy por su futura paternidad.

Y las mañanas:

Las mañanas son enteras mías. Vence, los perros y yo salimos, sin importar el tiempo que hace, de madrugada, y nos perdemos por las partes más montañosas y alejadas de miradas ajenas. Tengo que hacerlo. He de hacerlo. Tengo que practicar.

¡Cuánto tiempo llevo sin ejercitar uno de mis deportes favoritos! El montañismo.

Detrás del saliente de una roca, que está en mitad de la nada, en el último trecho del recorrido habitual, acumulo, poco a poco, los pertrechos necesarios. Me lleva cierto tiempo, y no pocas precauciones, pero es inevitable. Inclusive cambiarme de ropa y calzado constituye parte de mi formación diaria. Cada vez a mayor velocidad, como tengo que hacer ese día. La velocidad en todo. Cambiarme y vencer a las alturas de la roca va a ser clave para conseguir mis propósitos. Si no...

He de poder encaramarme a las paredes más verticales y, bajar, principalmente, con la mayor destreza.

Después de vencer el entumecimiento lógico de tantos años de no trabajar con determinados músculos, consigo que éstos me respondan de forma regular. Estoy logrando cotas cada vez más altas y noto que mi cuerpo me responde con mayor rapidez y agilidad.

El descenso me interesa tanto o más que la subida y como es, una vez más, en solitario, he de tener un gran control mental y físico. Debo superar el obstáculo que supone la abundante nieve que tiene que haber para conseguir mis objetivos y ser capaz de tirarme al vacío, mediante las cuerdas, con decisión.

Practicar, una y otra vez, solo así se logra la perfección y yo no me conformo con las cosas hechas a medias.

Es cuestión de matar, no de matarme»

Un día tras otro tengo la misma discusión con Begoña:

—Javier, ¿Por qué te levantas tan pronto? — Su voz adormecida sale de entre la ropa de la cama, ronca de sueño.

—Sabes que me gusta madrugar. Tienes que venir conmigo algún día— contesto casi siempre, convencido de que un momento más tarde no recuerda lo que hemos hablado.

Está claro que es lo último que deseo, pero soy consciente de que no lo va a hacer; su embarazo la produce un sueño extra que la hace apelotonarse en la cama, cuando yo salgo de ella, y respirar dormida al poco rato.

—Me gusta tanto que estés en la cama, a mi lado, y desayunar juntos por la mañana— dice mimosa.

— Bego; así la gusta que la llame en la intimidad. Dentro de nada va a hacer mucho frío y nevará. Tengo que aprovechar los últimos días de bonanza— Sé que, casi con seguridad, ya estoy hablando solo, por eso hoy me sorprendo al escucharla:

—Me preocupa que salgas durante tanto tiempo solo. El día menos pensado te puede ocurrir algo y no se va a saber dónde encontrarte. ¿Por qué no vas con alguien? Yo me siento mucho más tranquila cuando sé dónde te encuentras-

—La larga parrafada, a esas horas de la mañana, me resulta inaudita, pero reúno con ella una información interesante.
Me encanta la idea de que no tengan la menor idea de dónde puedo encontrarme durante mis escapadas. Eso significa que lo ha hablado con Satur; que ésta, a su vez, lo ha comentado con el resto de las criadas y trabajadores de la casa y que soy una incógnita en ese aspecto para todos. Magnifico; no puedo recibir mejor noticia. Va a ser cosa de intentar sonsacar a Bego noticias sobre mí cuando se encuentra medio dormida.

Me acerco a la cama a darla un beso en la frente como hago todos los días antes de salir. No quiero que nadie pueda decir en el futuro que no soy el marido perfecto.

—No te preocupes cariño; voy a procurar volver entero— Lo digo en un tono de voz suficientemente alto como para que me oiga Saturnina, su más fiel perro guardián. Perra en éste caso.

Tras irme y mientras cabalgo repaso mentalmente, una y otra vez, hasta el cansancio, los detalles del plan. Examino cada uno, lo desmenuzo, para después colocar cada pieza del puzle en su sitio y contemplar el resultado total.

El emplazamiento de la casona, que produce la impresión, vista desde lejos, de encontrarse en precario equilibrio sobre un gran peñasco, absurdo capricho de un antepasado de Begoña, es la que me da la idea. Dos de sus fachadas dan al cortado del risco. La tercera, tras una suave y engañosa pendiente, se corta de nuevo abruptamente, hasta dar, bastantes metros más abajo, con una torrentera salpicada de grandes rocas, rodeadas de aguas turbulentas y ruidosas.

Lo que deja el camino de entrada a la casona como único lugar, en teoría, de fácil acceso, siempre que no te asuste subir una larga, curva, y empinada cuesta que comienza en la verja que cierra la propiedad, a cargo de los guardeses y rodea el edificio. Por la parte alta del rio también se puede llegar al caserón, si no te importa demasiado romperte la crisma. Situadas a un nivel inferior, detrás del edificio principal, se encuentran las dependencias de los criados de la vivienda y las cuadras.

La casa, salvo por éstas pequeñas viviendas de los trabajadores del edificio, bastante separadas de la residencia principal, se encuentra totalmente aislada del resto del caserío. La verja hace de límite con el resto de las edificaciones que, diseminadas, van bajando por la montaña.

Es pintoresco el lugar con sus pequeñas casas que comienzan por el molino, en el rio, y salpican todo el valle. El caserío es muy grande, pero se empequeñece dominado por la enorme roca y la atalaya de la casa, allí, en todo lo alto.

Según se acerca el mal tiempo, y por lo tanto la fecha propicia, voy *adquiriendo nuevas costumbres:* Dejo de salir a montar a caballo todos los días a cambio de dar largas caminatas por las distintas dependencias del caserío.

Sí; eso me permite observar en donde puedo encontrar objetos que me permitan realizar mi propósito y reconocer el terreno palmo a palmo. Incluso a ciegas, que será como, con seguridad, voy a estar en una noche sin luna y con ventisca, debo saber dónde me encuentro situado en cada momento; dónde se encuentra *mi árbol* y orientarme hacia la casa de los guardeses.

Cuento los pasos hasta la saciedad. Intento desorientarme a propósito y realizo ensayos incluso con los ojos cerrados. También varias noches, cuando Begoña, Saturnina y los perros duermen profundamente, ayudados por una gran dosis de mis medicinas para dormir: de todos es sabido que padezco de insomnio por culpa del trauma producido por la guerra, reproduzco mis actos uno por uno, salvo acercarme a la casa de los guardas. No debo tentar al diablo.

Varios fragmentos del plan están situados, algunos desde hace días, en su sitio correspondiente.

Las cuerdas están escondidas en las dos vertientes del risco. Las sustraigo a la vuelta de mis correrías con Vince; por supuesto, sin llamar la atención, ocultas en un saco que siempre llevo para tales propósitos, aunque: ¿Quién puede llamar la atención al dueño si coge algo de su propiedad?

Me hago con un gran clavo y un pico al que he cortado gran parte del mango. Me tiene que servir como piolet en caso de apuro.

La ropa y las botas que pienso utilizar esa noche las voy a esconder, lo más tarde posible, en el profundo hueco, cercano a la raíz, del tronco de un árbol añoso. El escondite es magnífico pues la corteza del árbol y las pocas ramas podridas que aún le quedan, conservaran secas las prendas de la inevitable nieve que debe haber.

Sin nieve, mucha nieve, todo mi proyecto se viene abajo.

EVA

«Estoy viviendo los peores días de mi existencia. Mis pensamientos son malsanos. Me obsesiona la muerte de Javier, su asesinato y, una y otra vez, desmenuzo hasta el último detalle. Ahora no me pueden faltar las fuerzas, aunque advierto que, conforme se acerca el día, busco excusas, para no cometer... esa barbaridad.

Hay muchas formas de grandeza. La mayor: no dejarse dominar. ¿No matamos por nuestra libertad? ¿Las guerras, no son en su mayor parte, producto del ansia de libertad de los pueblos? Entonces, cual es la razón que me impide matar por la búsqueda de la libertad individual, que es aún más importante. Y si ese dominio lo produce un solo individuo y recae únicamente sobre ti, no solo la falta de libertad, sino torturas físicas y mentales, no es más lícita, que cualquiera de las guerras, evitar esa forma de totalitarismo individual.

¡!No!!; en el fondo de mi conciencia, esa negación, la repito una y otra vez.

¡Jorge, de qué forma te necesito! Hoy no nos hemos visto y noto un opresivo vacío interno. No sabes nada de la mujer que amas, ni del pozo de inmundicia en el que estoy sumergida. Necesito salir a respirar y volver a ser yo misma.

En mi desesperación te estoy involucrando, a través del amor, que sé que me tienes y te tengo, en mi oscura existencia, y en un crimen con todos los agravantes. Espero, por el bien de los dos, que nunca, nadie, ponga en tu conocimiento lo que estoy planificando y deseo llevar a la realidad, ya que va a significar qué al buscar nuestra común libertad, vamos a encontrar la más negra de las condenas. Tú, en la más absoluta y penosa de las ignorancias y yo con todas las de la ley.

No deseo arrastrarte a mi oscuro mundo, pero... ya lo estás.

Al enamorarte de mí, otros, verán en nuestros encuentros lo que aún no existe, porque yo te quiero con la desesperación de lo inalcanzable, pero aún, de forma injusta y antinatural... no te deseo.

Ojalá en el futuro podamos estar juntos y, en determinados momentos, voy a ser yo la que te ruegue que, a golpe de besos, poco a poco, con exquisita dulzura, como si la más mínima brusquedad me pueda volatizar, cures mis heridas.

Entonces, solo entonces, es posible que pueda abrirte mi mente y contar absolutamente todo, pero sin recrearme. Tan solo un puñado de hechos, de un pasado sombrío y malvado, que revuelve y araña mis entrañas y mis vísceras, y sobre todo quema mi cerebro. Cada molécula es destruida por un ser maligno y solo tu ternura derramándose sobre mí, va a lograr, como el Ave Fénix, que renazca de mis cenizas.

Te amo, pero aún no te deseo.

Pero todo llega, todo, y de la misma forma que tú eres, por siempre y para siempre, mi amor, y la mayor y más importante parte de mi misma, mi hombre con mayúsculas, tiene que haber un momento en que mi carne despierte, mi cerebro expulse las sombras, mi sangre pueda quedar limpia de las impurezas malsanas que la habitan, y cada partícula de mi cuerpo y cada rincón de mi alma clame por ti.

Sé que quiero compartir contigo existencia y vida, sudor y sábanas revueltas de pasión y arrebato. Manos y dedos ahítos de recorrer y transitar por nuestras pieles para que puedan recordar cada arruga, cada poro, cada recoveco, para que cada contacto se selle a fuego en nuestra mente y nunca olvidemos ni un centímetro de nuestros cuerpos. Piel sensible y sollozos de felicidad que salgan del núcleo de mi alma cuando juntemos nuestros cuerpos. Te voy a dar carne, lágrimas y también parte de mi sangre, mezclada en la de los hijos que deseo entregarte. No nos saciaremos de acariciarnos, de compartir besos dulces, apasionados, y mezclar nuestros alientos, como si aún no estuviera inventado el aire y nos ahogáramos sin nuestros hálitos compartidos.

Quiero ser yo la que suplique que me dejes entrar en tu vida y me permitas colmarte de deseo hacia mí, orgasmos y complicidad. En definitiva, felicidad a manos llenas, el resto de nuestra existencia. Seamos esposos, amantes, amigos, cómplices y que cada día de nuestras vidas, entre los dos, escribamos un gran poema de amor.

Me pienso tirar de cabeza al vacío y ganar. Dios y el destino, creo que, ésta vez estarán de mi parte. *Amén*»

«Soy peor que mi marido. Estoy ahorrando y planificando minuto a minuto la forma de matarle, y he llegado a tal grado de desesperación que no logro sentir remordimientos. Esta es mi guerra particular y pienso asesinar por la espalda si es preciso, cuerpo a cuerpo, antes de tener que renunciar al puro placer de sentirme viva.

Tengo que pensar sobre todo en mi hijo. ¿Cómo puedo plantearme su vida conmigo en la cárcel?

Aunque, en uno de sus mayores momentos de violencia, me deje llevar por mis instintos de supervivencia, y le ataque hasta matarle, ¿sería considerado como que he actuado en defensa propia? Seguramente no. Estamos en España y aquí, ahora mismo, la justicia está de parte del hombre. ¿Qué me queda: seguir haciéndome un ovillo hasta que se cansa de golpearme? ¿Dejarme matar? ¿Dejarle que me vuelva loca? Dejarle… dejarle…dejarle… ¡Dios mío! ¡Y yo qué! ¿No defenderme, admitirle actuar hasta las últimas consecuencias? No. Matarle es una cobardía, pero dejarme matar o inducirme al suicidio, otra peor. ¿Dónde está el límite?

Medito hasta la saciedad todas las alternativas. Va en contra de todos mis principios matar y además es el padre de mi hijo, pero no puedo huir sin medios materiales de ningún tipo. La herencia de mis padres ha pasado a sus manos. Según la ley, él me tutela.

En otro país, o en éste, en otras circunstancias, me encuentro muy capacitada para trabajar y tener unos mínimos con que dar de comer a Daniel. Pasado algún tiempo podríamos salir adelante, pero así, ¿Qué hago?: ¿Prostituirme?

Ni vendiendo mi cuerpo voy a tener lo suficiente para alimentar dos bocas. Las calles están llenas de mujeres desesperadas, viudas la mayoría de ellas, que se entregan y hacen todas las barbaridades que les piden: Una triste y solitaria pared donde apoyarse y un poco de oscuridad las sirven de burdel. ¡Es posible llegar a tal degradación personal por un mendrugo de pan! A qué estado de ignominia nos lleva el hambre.

Espero no equivocarme. Para bien o para mal todo lo tengo pensado. El día, el momento y el sitio exacto. Dios tenga piedad de mi alma y de la suya: De los dos… De los tres… Sobre todo, de los inocentes>>

TERCERA PARTE

JORGE - miércoles

Acudo a reunirme de nuevo con Bonifacio en el mismo cafetucho de costumbre. Me resulta muy agradable éste hombre al que encuentro sentado en su rincón habitual, y que me recibe con una grata sonrisa:

Durante el apretón de manos sugiere en voz baja:

—Si no te importa, como siempre: sin apellidos. ¿Y, por cierto, no crees que a estas alturas ya debemos tutearnos? Así nos van a tomar por viejos amigos e incluso por la edad, podría pasar por tu padre. Además, me encantaría.

—Por supuesto. Me parece muy bien— Contesto con toda sinceridad.

—Jorge, necesito hablar contigo por varias razones. Es preciso que termine éste trabajo cuanto antes, debido a mis problemas personales, y, aunque he querido incluir entre mis conclusiones un regalo para Eva y para ti, no lo voy a poder realizar por mí mismo. Lo siento. No me gusta involucrarte en asuntos turbios, pero en ésta ocasión las circunstancias se imponen.

—Muchas gracias, de verdad, pero no deseo que te molestes más de lo necesario— respondo con franqueza.

— ¿Estás seguro de que consideras una molestia el que te diga la forma de conseguir un pasaporte falso para Eva y otro para ti? — Me dice acercándose a mí todo lo posible y bajando aún más el tono de voz.

Me cuesta reprimir un grito de sorpresa y evidente alegría— ¿Es posible? Digo entusiasmado.

Callamos al ver acercarse al escuálido camarero con las consumiciones de ambos.

Observo como Bonifacio saca un lápiz del bolsillo interior de su chaqueta y un par de folios en blanco. Después de un meticuloso estudio de un pelo de su bigote, procede a partir los dos papeles por la mitad, seguramente una práctica de ahorro impresa en su forma de ser y se pone a escribir. Cuando termina de redactar el primero me lo pasa discretamente.

Con la excusa de llenar los vasos de la enorme jarra conteniendo agua, se acerca, aún, más a mí.

— Acude de mi parte, lo antes posible, a esta dirección, y la persona que lleva éste tema te va a proporcionar lo que te he dicho. Me consta que tú no lo necesitas, pues con el tuyo puedes salir y entrar en nuestro país con toda normalidad; pero al tener que figurar como matrimonio y poner en tu pasaporte al niño como hijo tuyo, pues como ya sabes, a las mujeres, aun estando casadas, no se las permite poder sacar del país a sus hijos, ni por supuesto el figurar en su documento.

Por cierto, pide también a ésta persona, un libro de familia y, para no extenderme, déjate aconsejar por él y que te proporcione todos los papeles que considere que podéis necesitar para huir del país y moveros por el mundo. Prepara la cartera, te va a costar una pequeña fortuna, pero gracias a Dios, te lo puedes permitir— Sonríe.

La amplitud de su sonrisa me conmueve, pues veo claramente reflejada en ella, que se alegra de verdad, de nuestra, gracias a él, posible felicidad futura.

—Más vale que te lo aprendas de memoria, lo rompas y lo tires en el baño antes de irte. No es muy recomendable que te puedan pillar con ese nombre y esa dirección encima— continúa susurrando, mientras contempla como guardo el trozo de papel en el bolsillo superior de mi chaqueta.

Me cuesta trabajo oír todo lo que me dice, y los latidos de mi corazón tronando en mis oídos, aún hacen más difícil la labor, pero, desde que conozco a Eva, nunca me he sentido tan contento. Pienso tan a menudo en esta solución, creyéndola un imposible para nosotros, que tenerla ahora al alcance de la mano y considerarlo solo una cuestión de tiempo, me parece el colmo de la felicidad.

—El domingo, a la una y media, te voy a llevar la conclusión de mis informes. He pensado que tu despacho del consultorio es el sitio idóneo— Esto lo dice de la forma más natural y relajada— Siento obligarte a comer tan temprano, pero debo resolver muchas cosas importantes a lo largo de ese día.

—Por último, lo más importante. Reitero que pongas en marcha cuanto antes *todo* lo que te acabo de decir y saca a Eva lo más rápidamente que puedas de España.
asbsol

— También es prudente que no pongas al corriente a Eva hasta el último momento, no sea que su nerviosismo, o algo anormal en su comportamiento, alerte a Javier. Más vale prevenir que curar. — Para un instante y sigue con sus instrucciones:

Que no se lleve nada. *Nada.* Que salga de casa como un día cualquiera a dar un paseo con el niño o a comprar comida. Tú si puedes llevar en tu coche todo lo que a ella le es imposible: como las cosas indispensables para viajar con un niño. Ir ligeros de equipaje. Afortunadamente te puedes permitir comprar lo que necesites, para ti o para ellos, sobre la marcha. Pero te repito no dejes pasar innecesariamente ni un día. Es urgente que te pongas en movimiento — insiste.

Su forma de decirlo no deja lugar a dudas. Hay que hacerlo *ya.* ¿Pero, por qué tantas prisas de repente?

¿Sucede algo extraño que yo deba saber? — Inquiero con extrañeza no disimulada.

Responde con una nueva pregunta: — ¿Tienes a alguien de total confianza? —

—Si— respondo sin vacilar pensando en mi querida ama de llaves: Carmen. Mi segunda madre a todos los efectos y afectos.

—Perfecto— dice.

— Cuando estéis instalados en otro país, haz que esa persona te envíe, ocultándolo a la perfección, tu pasaporte verdadero. No lo lleves contigo al pasar la frontera. En un futuro te puede venir muy bien para poder reclamar envíos de cosas desde España y, lo más importante, demostrar que sigues vivo, que no has huido y que tu desaparición se debe a una equivocación administrativa. Aunque lo tengas actualizado conviene que hagas nuevos trámites, para hacer más real la posibilidad de un error. Di que lo has extraviado, pero eso sí, formaliza ambos pasaportes, con algún día de diferencia y en distinto horario, ya que, aunque tienes que variar ligeramente tu aspecto en el pasaporte falso, (ya te enseñará éste individuo), no conviene que alguien observador te reconozca.

— Eva, antes de entrar en el puesto fronterizo que franqueéis, dependiendo del medio de transporte, tiene que cambiar de peinado. Eso, y un maquillaje ligeramente atrevido, van a cambiar su fisonomía totalmente. Que lleve en el bolso de mano un pañuelo o bufanda de un color vivo y se lo ate al cuello para disimular todo lo que pueda su luto.

Y sigue como un maestro de escuela enseñando a un discípulo un poco torpe:

— Precisáis haceros fotos con vuestra nueva apariencia física. Hacerlas rápidamente, como te estoy repitiendo, para no entorpecer y retrasar el trabajo de éste hombre.

Actuar con normalidad, sin miedo. Es un mero trámite y te garantizo la perfección de vuestros nuevos documentos. Son indetectables— De nuevo baja el tono de voz hasta convertirlo en un murmullo inaudible.

— ¿Ocurre algo nuevo? — Vuelvo a interrogar con inquietud ante la avalancha de información práctica, para convertir a Eva, al niño, y a mí, en prófugos ilegales; pero, sobre todo, por su indiscutible prisa en que nos hemos de poner en marcha, precipitadamente, en todos los sentidos.

—Jorge, creo que es preferible que esperes al domingo. Tienes mucho en que pensar y te estoy apremiando en exceso, aunque actúo con la mejor de las intenciones— Esta vez es conciso en sus declaraciones.

—De acuerdo, respondo. ¿Tienes algún consejo más que darme?

—No Jorge, salvo que actúes como te dicte el sentido común. Pero me consta que los problemas que te pueden surgir, sabrás solventarlos. Tengo la más absoluta seguridad de tu capacidad para ello. Solo te repito que hasta que no necesites la colaboración de Eva en lo relativo a fotos, etc., no la pongas al corriente— Calla mientras acuna la copa de coñac con sus grandes manos.

Sé que mi voz no es muy firme cuando comienzo a hablar: — quiero que tengas en cuenta que puedes contar conmigo, tanto tú, como tu familia, para todo lo que esté en mi mano. Esta es una deuda que traspasa lo puramente económico; que nunca voy a poder saldar pese a mis buenas intenciones y tan solo espero que me des la oportunidad de hacerlo, aunque sea mínimamente. No son palabras vanas lanzadas al aire. No sabes lo bien que me he de sentir pudiendo hacer algo por ti o los tuyos. Créeme, todo lo que necesites, todo, lo pongo a tu disposición. No voy a consentir impedimentos de ningún tipo que me puedan detener— aseguro. — No insisto, pero no dejes de tenerlo en cuenta Bonifacio. Cualquier cosa que diga va a ser una repetición de lo mismo.

—Gracias Jorge. Pero los problemas que tengo no son fácilmente solucionables, y menos aún para un hombre como tú que, afortunadamente, ha vivido alejado de la política y de la corrupción. Y bueno, mejor será que dejemos temas espinosos. No quiero que termines en una comisaría declarando y menos en una compañía tan peligrosa como la mía— Sus susurros y la seria mirada de sus ojos contradice el tímido inicio de sonrisa de sus labios.

Una vez más, y tras obedecer sus instrucciones de memorizar y destruir los papeles en el cuarto de baño, Bonifacio y yo salimos por separado de la cafetería. Todos estos preparativos, realmente insólitos para una persona tan normal como yo, me hacen pensar que, de alguna forma estoy jugando a ser uno de los protagonistas de una novela de espionaje.

«Cuando llego a las cercanías de mi casa, me dirijo, no a ella, sino al parque de nuestros *ilícitos* encuentros.

Necesito reflexionar y aunque aún no es hora de consulta, egoístamente, antepongo mis problemas personales a la posibilidad de una madre atemorizada. Cruzo los dedos para que, de ocurrir, sea como habitualmente por una pequeña dolencia de un hijo. Por lo menos eso deseo. No quiero acumular más problemas de conciencia.

Son tantos los asuntos que tengo que poner en orden antes de mi marcha y, por si fuera poco, de forma solapada, que la felicidad que me espera, en mi cada vez más próxima, nueva vida, queda un poco enturbiada por la cantidad de cosas que debo poner en marcha de forma tan precipitada.

Tengo que reconocer que acabo de padecer un bajón, por efecto del shock, y tampoco es extraño. En menos de una hora he descubierto que los próximos días y todo mi futuro, se van a ver inmersos en un cambio tan radical que estremece. Demasiadas novedades y una programación que voy asimilando, poco a poco, sin terminar de darla crédito. Al momento me recrimino por estúpido y me desprecio por ese conato de inútil conmoción.

Muchas de las cosas que debo poner en práctica no me van a resultar sencillas. He de soltar bastantes amarras que considero muy sólidas, pero nada es excesivo si acerca mi vida a la de Eva.

Y sí; en ésta ocasión, sí voy a tener que poner a mi pierna como excusa ante los demás, si quiero encontrar una razón convincente para tener que regresar de nuevo a Estados Unidos, cuando mi vida ya la tengo establecida, aparentemente y de forma definitiva, en Madrid.

Pero tengo que hacer lo que sea preciso, absolutamente *todo* lo que sea indispensable, por arrancar a Eva y al niño del degenerado de su padre y marido y por tener un futuro con ellos.

Por si fuera poco, me lo pone Bonifacio tan fácil que no creo merecerlo.

Curiosamente, lo de mayor importancia, que es saber si la más interesada, Eva, *está de acuerdo con nuestros planes*, lo hemos obviado Bonifacio y yo de tal forma, que ni siquiera se nos ha ocurrido mencionarlo. ¡Vaya par de inteligencias las nuestras!!!

Los dos damos por hecho que su respuesta será: ¡Sí, por favor! ¡Si, si, si!!!…, cuando nada en su actitud me hace imaginar que no sea un: ¿Estás loco? ¿Supones que voy a separar al niño de su padre? o ¿Qué te ha hecho creer que está dispuesta a cometer semejante barbaridad? Puede que, incluso, acompañada de una real bofetada, que, ahora que mi mente empieza a enfriarse y me deja ver las cosas desde una adecuada perspectiva, me merezco por imbécil.

Quien soy yo para dar por supuesto que Eva, a pesar de las circunstancias en las que vive y la tortura que supone la convivencia con su marido, está dispuesta a una aventura de tal calibre.

Pero a pesar de todo lo que me digo a mí mismo, **no**, repito, *no voy a esperar*, bajo ningún concepto, a poner a Eva en antecedentes de nada. No por las razones que me ha dado Bonifacio; aunque las comparto totalmente y me asustan, sino porque eso si es una traición a los dictados de mi conciencia y a mis más elementales sentimientos. Con su consentimiento o sin él voy a comenzar a actuar. En el caso de encontrarme con una total negativa por su parte a irse, con el niño y conmigo, a comenzar una nueva vida en el extranjero, el único que sale perdiendo con todos estos preparativos soy yo, y eso no tiene ninguna importancia. Sin ella es cuando lo pierdo todo.

Comienza la partida y la voy a jugar a cara de perro.

Tengo que compartimentar los elementos que conforman mi existencia y hacer una larga lista de las cosas que he de dejar resueltas, en todas las facetas, tanto profesionales como personales.

Del profesional, que es el que me va a llevar más tiempo, voy a empezar a ocuparme mañana jueves y, ésta misma noche, debo ir al domicilio del individuo que nos va a proporcionar los pasaportes falsos.

Bueno Jorge, en marcha de una vez. Te lo juegas todo a una carta.

Noto como mi corazón se expande de alegría y esperanza y, sobre todo, de un enorme convencimiento de que no pienso consentir que nada me pare ante la posibilidad de un futuro junto a ellos. Aunque tenga que raptar a Eva y a Daniel y sacarlos del país a la fuerza. Ambos tenemos que dejar nuestras vidas atrás.

Ya comienzo a añorar mi tierra y mi patria, su luz, sus olores y sabores y aún no me he ido. Pero nada de eso importa. Según mis pasos me aproximan a casa, empiezo a sonreír.

El cuerpo de Eva es mi tierra y su alma mi patria»

EVA — jueves

«Llevo meses comiendo asquerosamente mal los días que Javier se encuentra fuera de Madrid, con el propósito de ahorrar para mi otro fin. Disfruto viendo crecer mi montoncito de monedas, de la misma forma que el rey Midas contaba su tesoro; con avaricia. Cada vez que añado algo a mi hucha particular no puedo evitar pensar: ya queda menos.

Lógicamente adelgazo. Sus comentarios sobre mi aspecto son, como de costumbre, hirientes. Sin ir más lejos ayer consigo ganarme, entre otros golpes, una patada en la cadera por culpa de mi estado físico»

EVA — día anterior.

— Qué coño haces para estar cada día más delgada— suelta Javier, cuando me levanto de la mesa para traer el segundo plato.

—Creo que no como lo suficiente para mi organismo— contesto con un deje de ironía que no le debe pasar desapercibido, ya que me mira con extrañeza.

—Me recuerdas lo que dice un compañero de trabajo de las mujeres que están como tú de consumidas: "esa es como algunos plátanos, los pelas, los miras y los tiras". Está claro que al hombre no le gustan los plátanos, pero a mi si, y si son carnosos mejor— comenta riendo sin ganas su propia gracia y se asombra, al ver, que me sirvo una ración más grande que la suya en el plato.

—El trabajo, desde luego, no te mata, y por lo que veo, el hambre tampoco, ¿Así que me quieres decir que te pasa? — Insiste
.

Continúo callada.

—Solo me falta tener en casa algo tan desagradable como tú— dice con cara de pocos amigos. Se está enfadando por momentos, pero un instinto masoquista que no reconozco en mí me hace responder:

— ¿En serio que no te lo imaginas? — contesto.

Es la primera vez que le desafío abiertamente.

Su cara se convierte en un absoluto interrogante. ¿Dónde se encuentra la mujer sumisa de siempre? Algo está fallando y él no sabe qué es.

Realmente sorprendido, incluso le cuesta trabajo levantarse de la silla y emprenderla a golpes conmigo.

La mirada me traiciona. Debe observar un odio tan abismal en mis ojos que queda paralizado, y solo, creo que, por inercia, me lanza un puñetazo en el costado que me dobla en dos.

Tardo unos minutos en recuperarme, dando boqueadas, de los dolores, que una vez más, me producen sus golpes. Mientras me recobro contemplo, con desinterés, como se enfría la comida en los platos; pero una vez que me puedo sentar con cierta normalidad, acerco mi silla a la mesa y, por primera vez en mucho, mucho tiempo, como con apetito lo mío y lo que él, al irse, ha dejado.

SÁBADO — 11:00 horas.

No puedo ni debo hacer tonterías, me juego demasiado en el envite, pero he de ver a Jorge.

Cada día que pasa tengo más dudas, más miedo y no sé si voy a ser capaz.

El miedo se me enreda en la cabeza y el estómago y ayer me pasé todo el día vomitando. Sé que no es viable porque he puesto todos los medios posibles para evitarlo, y, además, la naturaleza se encarga de demostrarlo contundentemente. De otra forma el convencimiento de estar nuevamente embarazada me llega a sugestionar. En esta ocasión, un nuevo aviso de maternidad, es, con seguridad, mi sentencia de muerte, pero pesan tantas cosas sobre mi cabeza, que quizás sea mi tan buscada liberación.

Necesito verle.

Simplemente estar próxima a él me imbuye de nuevas fuerzas.

EVA - SABADO 16:30 horas.

Cuando atravieso la puerta de la consulta me mira extrañado. A Daniel aún no le toca revisión.

La pregunta con la que me recibe ya la espero: — ¿Qué le pasa a Daniel? ¿Está enfermo? — Agradezco el tono de preocupación de su voz.

—No, afortunadamente no le pasa nada— aseguro mientras Jorge se apresura a acercarse a nosotros— Espero a que la puerta termine de cerrarse a mi espalda para contestar.

— ¿Te sucede algo? — Pregunta alarmado.

—No… Si… Bueno… Nada especial— Ahora que le tengo tan cerca de mí cuerpo, con tan solo el niño entre nosotros, mi mente se bloquea y solo sé soltar una sarta de estupideces.

—Ven, que te ayudo a sentarte. Estás muy pálida— ordena con firmeza, mientras acerca una de las sillas a mis piernas.

No obedezco, aunque realmente las piernas me tiemblan. Todo lo que tengo pensado decirle se convierte en un borrón en mi cerebro, y solo se hacer una cosa cuando se aproxima a mi lado: con un solo brazo, no sé cómo, puesto que, con el otro sujeto a

Daniel, lo abrazo con absoluta desesperación.

Mi comportamiento es muy extraño e inesperado para los dos. Cuando quita al niño de entre mis brazos y mientras me sujeta de un codo para ayudar a que me siente, hago justamente lo contrario: levantarme sobre la punta de los pies y aferrarme nuevamente a su cuello.

El niño está entre los dos, riendo, convencido de que se trata un nuevo y divertido juego y ha querido participar, también, de forma inesperada. Al tirar del cabello de Jorge hacia abajo hace que nuestras bocas queden casi juntas. El resto del camino lo ha recorrido Jorge. El beso es delicioso.

Su boca, tal y como siempre la he imaginado: suave y dulce, me hace deshacer en lágrimas a los pocos segundos de iniciarse la caricia, y la labor de Jorge, a partir de ese momento, es intentar tranquilizarme. Con una mano sujeta mi nuca y sus labios recorren suavemente mis ojos, mi frente, para de nuevo posarse como un soplo en mis labios.

Una vida es insuficiente entre sus brazos.

—Eva, necesito saber qué te pasa. ¿Te ocurre algo... especial? — pregunta asustado.

— ¿Te parece poco que te quiera de una forma total y absoluta y no poder esperar nada de ese...?

Me interrumpe mientras me oprime contra él, como si ese gesto de unión, pueda, por sí solo, conseguir infundirme la enorme alegría y confianza que noto en sus ojos. Ambas son nuevas, como recién estrenadas, y pese a su enorme poder de seducción, no logran atravesar la capa de angustia que me domina.

—No esperas nada porque ignoras la magnitud de mis sentimientos hacia ti. Te quiero Eva con la misma o mayor intensidad que tú a mí— contesta Jorge con un ardor que me taladra por su afán de acentuar su sinceridad.

No puedo evitar sonreír a pesar de mis lágrimas.

— ¡Que ingenuo eres, Jorge! Tus ojos son incapaces de engañar, y por eso lo sé mucho antes que tú mismo. Tu mente, para mí, es un lienzo en blanco en el que yo leo todo lo que escribes en ella.

—No, Eva; te aseguro que en ésta ocasión te equivocas considerablemente— Con una sonrisa cómplice y un tono bromista, añade: — Eva. ¿Eres consciente de que estamos manteniendo una auténtica conversación de enamorados... tontos? —

Rio, pero sin alegría. Su propósito de levantarme el ánimo es tan evidente que me produce pena.

Le interrumpo poniendo una mano sobre su boca.

—Jorge, escúchame con atención. Estoy plenamente enamorada de ti y éste amor, es, en sí mismo, una condena. No sé qué puede ser de dos personas como nosotros, que no hemos cometido un pecado grave, salvo con el pensamiento, y que no hemos hecho daño a nadie... todavía. — Al decir ésta última palabra me estremezco y Jorge me mira detenidamente con extrañeza.

— Pero esto, ¿a qué nos conduce si no es a perjudicarnos a nosotros mismos? Te quiero y sé que siempre te querré; que estos sentimientos no son veniales y que no son estrellas fugaces las que atraviesan mi cabeza. Por eso he venido; para decirte simplemente que te quiero y que si la vida se encarga de separarnos no va ser porque yo no estoy intentando justo lo contrario. Es posible que quieran impedirme quererte plenamente, pero nada, ni nadie, me puede obligar nunca a que te olvide. Recuérdalo, por favor. Te lo ruego, no dejes que nadie consiga borrarlo de tu memoria nunca.

—No me asustes. ¿No irás a cometer una barbaridad? Tienes a tu hijo y me tienes a mí. Nuestro mundo no es perfecto y puede que nunca lo sea, pero nos tenemos el uno al otro y somos capaces de solucionar todo lo que la vida nos presente. Se fuerte y espera— dice, con cierta alteración en la voz.

— Esperar. ¿A qué? ¿A que mi amo y señor me mate? — No sé si simplemente lo susurro. Seguramente solo lo he pensado; pero la frase, una vez más, me desgarra por dentro.

—Mañana. Espera a mañana. Debemos hablar. Son muchas las cosas que tengo que contarte, y no entraba en mis planes hacerlo tan pronto, pero te encuentro tan excitada que creo que se ha vuelto imprescindible poner todas las cartas sobre la mesa. Siempre, he pensado que te ocultaría ciertas cosas, pero no lo voy a hacer. No deseo que los cimientos de nuestra relación se basen en mentiras, medias verdades y secretos. Luego tú decides si soy el hombre que crees conocer y si deseas que forme parte de tu futuro y el de tu hijo.

A la hora de costumbre, mañana por la tarde, te recojo en el parque. Juntos vamos a ir, en mi coche, a algún lugar poco concurrido para evitar que nos vean juntos. Ahora mismo es importante no llamar la atención. Te voy a demostrar que podemos encontrar la forma de salir de este infierno.

—Mañana… — La palabra sale ronca de entre mis labios mientras le miro con desesperación, intentando grabar su boca, que me acaba de besar, sus ojos tan hermosos, el color de su pelo. Seguramente sea la última vez que veo su firme mentón, el fruncimiento de sus cejas al mirarme con esa ansiedad y sus manos, sus acariciadoras y sensibles manos.

—Ten paciencia— continua— Lamento que no pueda ser por la mañana; tengo varias cosas importantes que resolver desde muy temprano. Lo entenderás todo cuando hablemos en la arboleda. Desde allí los tres vamos a ir a un sitio discreto donde podamos hablar sin ser escuchados. Creo que el Retiro nos va a dar esa intimidad y anonimato que precisamos.

Mientras habla, la mano de Jorge, incansable, no deja de acariciar mi pelo, a la vez que, con su otro brazo, abarca al niño y a mí y nos acuna contra su pecho— No soy un niño y sé, que, de momento, nuestros destinos están separados, pero tengo la seguridad de que los dos nos amamos con la intensidad suficiente como para hacer milagros. Esta crueldad de tener que querernos en la distancia va a pasar, y podremos criar a Daniel juntos— Jorge pronuncia éstas palabras con tal vehemencia que casi llego a creerle… Casi…

— Hasta ahora, el único testigo de nuestro amor son estas cuatro paredes, los árboles y el viento. Dentro de poco tiempo voy a hacer posible que estemos juntos. Ten paciencia. Te lo prometo—insiste.

Siento aún más vergüenza de mi misma y noto que me ruborizo intensamente.

«Querido Jorge. Mi querido e ingenuo Jorge. Tú hablando de secretos. Si alguien llega a saber mis intenciones…
 Mañana no puedo acudir a nuestro encuentro en el parque; tengo otra cita   ineludible. Voy a dar un vuelco, impensable para ti, a nuestras vidas… para bien o para mal; eso no lo sé.

Jorge…tú posees un alma limpia que te permite creer en los

prodigios… Yo, ya no. Estoy prácticamente muerta. Mis percepciones ante la existencia están absolutamente desdibujadas y necesito, exijo rabiosamente, saber que el que ha muerto es el otro para recuperar el puro placer de sentirme viva.

Mira dentro de mis ojos, con tanta ternura, que siento como una deliciosa quemadura en el alma. Como si me estuviera marcando a fuego con un hierro enfundado en terciopelo.

BONIFACIO - Domingo 13:30 h.

«Tal y como quedamos el otro día voy a despedirme. Con todo lo que me está sucediendo estos últimos días, tendría que haber pedido a Jorge el favor de no entregarle mis conclusiones personalmente, sino a través de su chófer, pero no me parece correcto dejar un trabajo sin terminar y también quiero estrechar su mano por última vez.

Es un hombre realmente extraordinario, poseedor de una connotación de inocente integridad, que le hace realmente especial.

Nunca me ha comentado sus sentimientos hacía Eva, pero no es preciso que lo haga. Sus expresivos ojos reflejan sobradamente lo que sus palabras callan. Merece que el destino le recompense con una mujer como todo indica que es ella: culta, inteligente y hermosa. Mejor todavía; con esa mujer. Se lo está ganando a pulso.

Me ha hecho mucha gracia el hecho de ser contratadas mis actividades profesionales, a través de una tercera persona, como si fuera un detective de tercera categoría. La historia que le cuenta mi amigo sobre mi problema, debió ser muy superficial, cosa que le agradezco; de otra forma no se hubiese atrevido a requerir *mis servicios*. Aunque, en un principio dudo en aceptar el encargo, al final ha resultado entretenido y, debo reconocer que hacer éste trabajillo, ha logrado distraerme algo de mis auténticos problemas.

No te mientas a ti mismo Bonifacio, eso es imposible.

Es curioso cómo me he vuelto a ver de joven, cuando me mataba por hacer méritos a la hora de investigar un caso. Todo el mundo me parecía que tenía cara de sospechoso y, el descubrir el menor indicio de un asunto turbio, me mantenía despierto durante horas por las noches. Lola, al conocer mis pequeños éxitos, contemplaba admirada a su recién estrenado marido. Más adelante desmenucé algunos casos con ella y Lola disfrutaba como una loca si, fruto de alguna idea suya, veía las cosas más claras. ¡Qué época tan maravillosa! Nos faltaba de todo, pero… lo teníamos todo»

La cita es en el despacho del consultorio, no por falta de cortesía por su parte, sino porque considero, y se lo digo, que, al ser domingo, es un lugar de reunión muy discreto para ambos. Soy consciente del mal rato que va a pasar Jorge, pero es una medicina que debe tragar, de una vez… y solo.

Debe de estar esperando mi llegada a través de uno de los amplios ventanales de la estancia, ya que abre la puerta del vestíbulo, previo a la sala de espera, antes de darme tiempo a llamar.

—Hola Bonifacio— El apretón de manos es cálido— Pasa.

El encuentro se produce, por petición mía, muy a primera hora de la tarde, pero a pesar de su insistencia en invitarme a comer, me niego. Sintiéndolo mucho no es el día indicado para mí. Hoy no. La razón: quería estar en casa, con mi mujer. Charlar con ella con tranquilidad, como si no pasara nada; pero, sobre todo, disfrutar de su compañía antes de que las cosas cambien.

Jorge, siempre tan atento, tiene la delicadeza de mandar bajar de su vivienda, café recién preparado en un termo, una bandeja con dulces y pasteles, hielo, y bebidas para poder obsequiarme.

Nos hemos instalado a ambos lados de su mesa de despacho y, espera, con calma, a dar comienzo el tema que tenemos que tratar hasta que no estoy perfectamente acomodado, y con una taza de café en la mano.

—Antes de empezar a tratar el asunto que nos interesa, ten éste sobre— Lo dejo encima de la mesa, a su alcance.

Jorge, con total discreción, hace lo mismo con otro sobre con mis honorarios.

—Como ya imaginas, Jorge, contiene, con todo detalle, los informes solicitados y los datos obtenidos durante mi investigación. —Por mi cuenta y riesgo, — añado— y sin que los hayas pedido, incluyo también bastantes referencias sobre los padres de Eva. No es mera indiscreción ni paranoia de un policía retirado. Me parecen relevantes dentro de todo el contexto de la investigación.

—Bonifacio, aunque, sin saber el motivo me extraña y mucho, no es necesario que me des explicaciones— comenta.

—Antes de comenzar a contar, de principio a fin, lo que he descubierto, pongo en tú conocimiento, Jorge, que mi trabajo ha concluido y, que hoy, nuestras vidas se separan definitivamente. Es un placer poner mis conocimientos a tu disposición y lamento no poder continuar manteniendo contacto contigo en el futuro. Ni tan siquiera nos va a ser permitido mantener una correspondencia regular. Cree que es totalmente en contra de mi voluntad. Si las circunstancias cambian, cosa que, por desgracia para mí, estoy convencido que no va a pasar, voy a ser el primero en comunicártelo.

También quiero que sepas, que es mejor si no te explico el motivo por el que me despido de una forma tan brusca. Son razones políticas que no te afectan y que es mejor que ignores. Conocerlas no nos convienen a ambos. Son asuntos feos.

—Siento lo que dices y espero que te equivoques en tus predicciones. Lamento tener que dejar de verte y de recibir noticias tuyas. Desde que te conozco, pienso que eres una persona muy interesante y por lo que parece algo nos está robando la posibilidad de ser grandes amigos—

—Gracias. De verdad que agradezco tus palabras— De haber sido las cosas distintas… — Soy tan sincero como creo que lo es Jorge.

— No pretendo inquietarte, Jorge; al contrario. He utilizado excusas muy plausibles para enterarme de ciertas cosas y, por lo tanto, aunque tengo la total seguridad de que nadie sabe nada de mis pesquisas y, menos aún, si las hago por encargo de alguien, me tranquiliza que nunca hayamos sido vistos juntos. Por tu seguridad, no por la mía, he puesto especial cuidado en no despertar el interés ajeno, porque sé que no soy persona grata para el gobierno, y mantener relaciones conmigo, del tipo que sean, peligroso.

Bonifacio, no me pareces el tipo de persona en la que no se deba confiar. De hecho, he puesto un tema muy delicado en tus manos, con total confianza, y me disgusta no poder conocer las razones que te inducen a hablar así, pero respeto tu decisión, no por temor a mi posible inseguridad en el terreno político, si no, como acatamiento a una seria decisión personal— responde, mientras se acomoda mejor en el asiento.

—Ten la seguridad de que te lo agradezco. Ahora más vale que empiece con *tus problemas*—Intencionadamente acentúo ésta última frase. Carraspeo, como en mis mejores tiempos de inspector de policía, para darle tiempo suficiente de ponerse en situación, ante la dureza de las palabras que vienen a continuación.

—Jorge, lo que te tengo que contar no es fácil—comienzo.

— ¿Les pasa algo a Eva y al niño? —La preocupación se acentúa en el rostro de Jorge.

—No, le interrumpo. Pero están en peligro. No solo hablamos de un maltratador es, recalco las palabras, *un asesino*.

— ¿Qué…? ¡No puede ser!

En esta ocasión el interrumpido soy yo. Su semblante refleja todos los grados imaginables de estupor. Intenta hablar sin lograrlo. Su boca emite sonidos ininteligibles.

 Le dejo asimilar mis palabras y continúo hablando.

— Lo malo es que no lo puedo demostrar. Ha transcurrido demasiado tiempo desde que han sido cometidos sus crímenes y, el mío personal, como te comento, se termina. Pero bueno, es un tema del que ya hemos hablado. —La historia es larga y comienza cuando, para simplificar las cosas, le llamaremos por su nombre de pila, Javier, el marido de Eva, está a punto de cumplir los doce años.

Es un niño precoz, con una inteligencia fuera de lo normal, que tiene la desgracia de nacer en el seno de una familia en la que el padre es un mal bicho. Golpea a la madre que, por cierto, tiene fama de ser una gran persona, con tal frecuencia, que en el pueblo le aborrecen. Y de forma curiosa, quizás más los hombres, pese a que, a más de uno y más de dos, se les escape una bofetada de vez en cuando a la parienta.

Explico con todo detalle los datos que sobre ellos he recogido en el lugar de nacimiento de Javier, mientras saboreo el café.

Jorge me escucha, absorto. Está sentado en el borde de la silla, como si eso consiguiera acortar la historia.

—El detonante se produce el día de su confirmación: No confía en que, la decisión de su padre sobre sus estudios se vaya a concretar; y menos aún, que se prolongue en el tiempo. Se ve volviendo al pueblo al cabo de pocos meses o un par de años, humillado, fracasado y sin posibilidades de conseguir lo que tanto ansía. Un futuro fuera de allí.

Un hecho, de momento, relativamente insignificante, para todos menos para él, cambia el curso de las cosas.

Jorge produce la impresión de contener la respiración.

—Cuando la actual dueña me enseña la casa donde nace el marido de Eva me extraña el hecho de que Javier duerma donde me dicen. No tiene sentido. Yo también he nacido en un pueblo y conozco las costumbres de sus habitantes. La austeridad, que no la roñosería, se impone. La gente trabaja duramente para malcomer, y poco más, como para permitirse lujos. Sobre todo, un hombre tan avariento como el padre de Javier.

—Con esto no quiero decir que en las ciudades no ocurra lo mismo, pero necesito que te sitúes en éste caso concreto.

— Generalmente en las casas más humildes, la familia, literalmente, convive con los animales en las épocas frías, ya que éstos son una fuente de calor barata.

— ¿Conoces la típica distribución de las alcobas en algunas zonas rurales? —pregunto a Jorge.

—No— afirma— Reconozco que no.

— La casa de Javier, heredada por su madre, era y es, de dos plantas con corral, establo y gallinero, por lo tanto, de un nivel claramente superior. Además, en la planta alta, sobre la enorme cocina, se encuentran las alcobas, algo no excesivamente corriente, ya que solían situarse al lado o encima de los establos por la razón que te digo. A ellas se llega, entonces y ahora, gracias a una larga y empinada escalera. El final de ésta da acceso a un par de salas idénticas, separadas por el eje central de una pared.

Le pido a Jorge lápiz y papel antes de seguir:

—Una mesa camilla, en la zona más cercana a las ventanas, unas sillas alrededor de ella y otras apoyadas contra la pared, conforman todo el mobiliario. Enfrente de las ventanas, contra el muro del centro y mediante dos grandes arcos, se encuentran dos alcobas, separadas entre sí, por otro tabique. Una disponía en aquella época, y hoy en día, de una cama de matrimonio, mesillas a ambos lados, un pequeño armario y un arcón. La otra de dos camas individuales.

Mientras hablo, dibujo de forma esquemática, un dibujo para Jorge de ambas estancias.

La sala contigua es idéntica, salvo que únicamente está amueblada con las camas individuales que utilizan los hijos de la familia actual. El resto del mobiliario lo componen sillas descabaladas y arcones viejos.

Según dicen cuando me las enseñan, gran parte de los enseres son de los anteriores propietarios; por lo tanto, de los padres de Javier.

Por lo que me cuentan, y las versiones coinciden, incluida la de la vecina de la casa, que, en su momento, es testigo ocular e interviene en los minutos iniciales, las ventanas se encuentran cerradas, algo lógico dado el frio que hace la noche de autos, mientras que las puertas de comunicación de ambas salas están abiertas.

— ¿Todo esto Bonifacio a donde nos conduce? — Observa con curiosidad Jorge, sin duda con impaciencia por llegar a momentos más actuales.

— Es mejor que lleve el desarrollo de la historia sin saltos. De lo contrario tantos hechos pueden dar lugar a confusión.

—Esto para mí es definitivo: La cama del hijo, deshecha, en una de las arcadas de la otra sala, les hace suponer, con toda lógica, que se salva gracias a encontrarse en la otra estancia; relativamente separada de la de sus progenitores. De haber dormido en la alcoba contigua y compartido el brasero con sus padres, como era y es la costumbre, *tampoco se hubiese salvado.*

— ¿Cómo...?

Continúa concentrado en mis palabras, pero la última frase le hice dar un respingo.

No sé exactamente que quiere preguntar, así que continuo.

—Jorge, perdona. Pero se me ha ido el hilo y me estoy adelantando. No te he dicho aún, que sus padres son hallados muertos en la cama, intoxicados por las emanaciones de gas de un brasero.

— ¿Y piensas…?

—Sinceramente: Si — En ésta ocasión nos hemos entendido perfectamente, así que retomo el relato.

—Los padres son encontrados sin vida en la cama común. Es él mismo, el que al encontrarse muy mal y, extrañado de que su madre no le haya avisado antes de amanecer, para llegar a tiempo de coger el autobús de Línea que le tiene que trasladar a Salamanca, descubre los cuerpos sin vida de ambos. Solo dispone de tiempo para, a trompicones, bajar la escalera, atravesar la cocina y salir a la calle, antes de caer… ¿desmayado?

Miro a Jorge, asiento, y sigo con mis conclusiones. Antes de continuar extiendo el papel sobre la mesa y veo como Jorge le estudia con atención.

—Obviamente se debe poner con anterioridad al corriente de los síntomas que tiene que simular y, por el resultado, representa su papel a la perfección. Tampoco es de extrañar si está pálido, con vómitos, y que no se tenga prácticamente en pie. No todos los días se mata a nuestros propios padres.

«Me llama la atención el silencio sepulcral de Jorge, pero, por su rigidez, parece haberse convertido en mí invitado de piedra particular»»

El detalle de los dos braseros, me llama poderosamente la atención, aunque, en ese momento, no tenga elementos para pensar en asesinatos, y, menos aún, realizados por un crío de apenas doce años.

No es tan difícil manipular un brasero para que mantenga una mala combustión, sobre todo si el tema te interesa lo suficiente como para informarte y eres muy, muy inteligente.

Realizo una larga pausa, para dejarle asimilar mis ideas. Introduzco un delicioso y diminuto pastel en la boca y cuando voy a continuar, Jorge me pregunta:

—Dices que no tienes ninguna prueba de nada de lo que me estás contando ésta tarde— Es una afirmación, no una pregunta.

—No, asiento rotundamente. Y nunca las voy a tener. Su astucia y el tiempo juegan a su favor. No obstante, al final, te pienso enseñar un par de cosas que te van a hacer pensar, y que, en circunstancias normales, si se considerarían como tales.

—Tu única baza, Jorge, es que vas a conocer toda la verdad sobre éste hombre, al que hasta ahora hemos considerado, únicamente, —lo digo de forma irónica— un maltratador y un potencial asesino, por la violencia vertida sobre su mujer, y al que, desde de ahora, vamos a calificar de lo que yo te aseguro que es. Un ser sobre el que recae la muerte de varias personas.

— ¿Aún ha cometido más asesinatos? — Descompuesto, vacila antes de inquirir: —Como tú mismo dices, ha transcurrido mucho tiempo. ¿No tienes ninguna duda de lo que estás diciendo?

—No, no soy Dios: por lo tanto, me equivoco igual que todo el mundo, pero tengo experiencia y ésta me dice que cuando en el entorno de la vida de una persona "normal" ocurren tantos *accidentes*, generalmente, hay que buscar al asesino. Sobre todo, sí, como en éste caso se trata de una persona violenta y se persigue, a costa de las vidas ajenas, dinero… mucho dinero.

—Hablando de dinero— continuo— ¿No te parece, por todo lo que ya sabes del padre de Javier, que fuera el típico hombre que tuviera sus ahorros, en alguna parte de la casa, escondidos?

Era lo normal, lo hacían todos ¿Por qué él no? Pues bien, solo se encontró una pequeña cantidad, muy bien oculta, en unos ladrillos huecos de la cocina. — ¿No los pudo coger Javier y esconderlos en otro sitio la macabra noche? La falta de dinero, también, dio que hablar, y todos suponen que deben encontrarse escondidos debajo de algún árbol cercano a la casa, y que, antes o después, alguien los va a hallar. Nadie cree que el difunto lo tenga todo invertido en sus interesantes préstamos. No un personaje como él—Callo para beber un poco del exquisito coñac que tengo en mi copa.

—No sé qué decir. Estoy en éste mundo y me ha tocado vivir y ver mucho, pero esto es tan sórdido e inesperado, que me cuesta asimilarlo. Creo que me entiendes.

—Pues aún queda mucho— así que sigo: La única persona del pueblo que mantiene posteriormente contacto con Javier, sobre todo por carta y, hasta poco después de cumplir la mayoría de edad, es el maestro de su escuela. La enorme admiración por su obra, como él le considera, se va diluyendo con el paso del tiempo, ante su ingratitud y evidente repudio.

— Consigue por medio del obispado, que le declaren tutor de Javier, algo bastante excepcional, y gestiona la herencia de su pupilo hasta su mayoría de edad.

El Sr. Obispo, pese a los problemas por los que pasa entonces la Iglesia y su manifiesta pérdida de poder, se toma como un asunto personal el futuro del niño, y en lugar de enviarle a un orfanato o a un seminario, como algo más normal en esa época, gestiona una beca de estudios a Javier y una mínima cantidad mensual para sus gastos, a cambio de que le sean reintegrados, con una *pequeña aportación* a La Iglesia, al cumplir la edad adecuada. Algo que se cumple puntualmente. Javier no deja enemigos por donde pasa y menos de esa magnitud.

En contra de lo que yo espero, el maestro es la persona que menos datos de interés aporta a mis indagaciones, salvo, para reiterar una vez más sus dotes para el estudio y su magnífica inteligencia.

Por lo demás, sus actividades como tutor no me interesan, excluyendo la herencia de Javier, que, dados aquellos tiempos, es prudente pero saludable: Su padre compra a toca teja algunas tierras, que junto con la casa y la tienda taller de la madre proporcionan una cantidad más que suficiente para pagar su deuda con la Iglesia y costear los estudios de Javier cuando termina su tutela; cosa que según parece hace durante varios años sin que éste se vea obligado a trabajar.

—Durante los años siguientes continua con su pasión: el estudio. Inicialmente en Salamanca. Posteriormente se traslada a Madrid, donde, con gran habilidad, intenta y logra pasar bastante inadvertido. De esa época, salvo de su paso por la universidad y los títulos logrados, apenas se sabe nada. Su afán por mantenerse desapercibido le lleva incluso a ocultar sus títulos universitarios al incorporarse a filas. Se alista como voluntario en las Fuerzas Nacionales algo que le ayuda a ocultar éstos datos. Y es un hecho constatado, no una suposición. Me atrevo a pensar que lo hace con el fin de que no le den un puesto en los mandos oficiales, que siempre son más arriesgados.

— Jorge, ¿No te preguntas el porqué de tanto misterio? ¿Qué tiene Javier que ocultar: su orfandad debido a un desgraciado accidente? — comento.

— En ninguno de éstos dos periodos forja amistades y, pese a ser un alumno tan brillante, ni sus compañeros de aula, profesores o catedráticos escasamente le recuerdan. En pocas ocasiones, tras mucho insistir por mi parte, llega un eco a sus memorias de un tipo hermético y reservado que lleva una vida al margen de los demás. Si esto forma parte de su personalidad o bien esconde, incluso, inconscientemente planes más oscuros, es algo que lógicamente ignoro.

Hago una pequeña pausa para dirigirme a Jorge:

—Observo que mi narración te está impactando considerablemente y créeme que aún te queda mucho por escuchar.

—Sí, mentiría si digo que no es así, pero quiero y necesito saberlo todo—Sigue, por favor.

— Bueno dejo su infancia para entrar de lleno en su vida adulta. Deseo que lo que has oído te prepare para escuchar el resto.

—Jorge asiente con la cabeza, pero yo sé que no es posible. Es excesivo incluso para mí, acostumbrado a estar, durante muchos años de mi vida, entre delincuentes de la peor especie.

Javier, prácticamente a los dos años de comenzada la guerra, siendo soldado, conoce a una acaudalada, por no decir, tremendamente rica, terrateniente del norte, y se casa con ella inmediatamente después de terminar la guerra. Bastante antes de los tres años de matrimonio, ya es viudo.

El respingo de Jorge, me obliga a callar.

— ¿Ella es su siguiente víctima? — Hay pánico en su voz.

—Si— contesto simplemente.

—Pero eso significa que Eva está en un peligro infinitamente mayor del que yo creo. No conozco el estado de sus finanzas, pero esa casa, (hace un movimiento con la mano señalando la casa de enfrente), regalo de sus padres, el piano, su extraordinaria educación… Todo, en las conversaciones que hemos mantenido, me hacen suponer que la que ha aportado dinero al matrimonio es ella, no Javier— Esta última palabra sale con repugnancia de su boca.

—No es así, Jorge. Pese a que la fortuna heredada por Eva es substancial, la de él es, infinitamente, superior— respondo concisamente.

—Tengo tal caos en la cabeza, que ahora mismo, no sé si eso es bueno o malo. Deseo creer, con todas mis fuerzas, que su matrimonio con Eva no se debe a las mismas razones por las que realiza el anterior— dice con la voz ronca, con esfuerzo.

—Yo también— añado — Sencillamente, ignoro cómo lleva a cabo éstos homicidios en el que ocurrieron cosas muy extrañas— Veo a Jorge llevarse la mano a la nuca, en un gesto, que se está repitiendo regularmente a lo largo de la tarde y que ya reconozco como su forma de expresar, físicamente, un profundo desconcierto mental.

—Hablas en plural. ¿Quién más muere además de su mujer? — pregunta con ansiedad.

— Saturnina, el ama de llaves y, según todos, la mujer de confianza de Begoña; así se llamaba su anterior esposa. Por lo que me cuentan, cuando me traslado al lugar de los hechos, Satur era su mayor confidente y amiga. La única persona que vivía en el edificio de la Casa Grande, la vivienda del matrimonio, además de ellos. Ocupaba una pequeña y sencilla habitación contigua a la cocina y, una de las dos cosas, o ambas, creo que fueron las que causaron su muerte.

—En la parte trasera del edificio, se encuentra una pequeña caballeriza donde están las monturas de los propietarios y dos mozos de confianza dormían en ella. No escucharon ni vieron nada hasta después de ocurrir todo. Tampoco los perros, extrañamente, dieron la voz de aviso. ¿Por qué?

—Bonifacio, estoy procurando contenerme para no interrumpirte. Sé que tienes prisa y es lo menos que puedo hacer por ti, pero son tantas las preguntas que me hago mientras te escucho.

Lo sé y te lo agradezco—Al desconocer de qué forma se desarrollan los hechos, te voy a narrar lo que me han contado los más próximos a estos y lo que consta a nivel de mis excompañeros que, en su momento, investigaron los crímenes. Si, y también algunas de mis... teorías:

—Begoña es encontrada muerta cerca de la puerta del dormitorio. Parece ser que el intruso la apuñala cuando intenta salir corriendo de la alcoba. Un solo golpe, pero certero, la atraviesa el corazón por la espalda. El ataque debe ser brutal, pues incluso, rompe alguna costilla. El juez que acude al lugar de los hechos certifica que se produce desde atrás y que la bayoneta la mata instantáneamente.

— ¿Una bayoneta? ¿De dónde sale algo así? — Exclama Jorge sorprendido.

— Todo indica que un maquis, llevado sobre todo por el hambre, se introduce en la casa. Que, tras una opípara cena a base de todo tipo de embutido y quesos que encuentra en la alacena de la cocina, coge un mantel con el que hace un hatillo, donde introduce todos los comestibles que logra meter. Puede ser que, al volver de nuevo a la cocina, haga ruido o que chocara con algo. Al escuchar ruidos provenientes de la habitación contigua, presupone que ha despertado a alguien. Esto le debe obligar a esconderse con la bayoneta aún en la mano, la misma bayoneta que ha utilizado para cortar lonchas de un jamón colgado en la despensa.

El resultado es que el ama de llaves encuentra la muerte al dar un par de pasos fuera de su habitación, sin darla siquiera tiempo a gritar. Sangre oscura, caliente y espesa, mancha los calcetines del asesino y deja un rastro de muerte en su recorrido. A la sangre se añade el ácido vómito que salpica el cuerpo del cadáver, mezcla de miedo y horror, seguramente, al descubrir que el cuerpo de su víctima es el de una mujer.

La consciencia de que las implicaciones de su acto ya no pueden tener más consecuencias punibles, y que, si es pillado, le espera la máxima pena, el asesino no se conforma con eso, sino que, llevado por la desesperación del hecho que acaba de realizar, atraviesa un largo pasillo, en el que va dejando rastros de sangre al pisar, revisando las habitaciones, con la esperanza de encontrar algo de valor, hasta el dormitorio principal donde se encuentra sola, dormida, Begoña.

Es de suponer que, para tener las manos libres, deje el máuser, con la bayoneta calada, encima de la cómoda situada al fondo de la alcoba: se sabe por las huellas de sangre que quedan marcadas en su superficie. Debió, apresuradamente, registrar los cajones, a la luz de un candil, que instantes antes encuentra en la cocina. Las brasas de la chimenea, encendida, apenas aportan luz a la estancia. Encuentra parte de las joyas de Begoña en un joyero sobre su tocador y, parecer ser, que es en ese instante, al meter alguna de ellas en su macuto, cuando algo sobresalta a la mujer de Javier, que, al intuir, más que ver, al desconocido, salta de la cama y sale huyendo.

El tocador y la silla de éste, donde Begoña ha dejado la ropa que ha llevado puesta ese día, caen rodando por el suelo, pero eso no impide al asesino armarse con el máuser, alcanzar a la mujer y atravesarla totalmente con la bayoneta. Lo que también cae, es el candil, y lo hace sobre las prendas de vestir de Begoña, que, junto con las cortinas y las ropas de la cama, consiguen que rápidamente el fuego comience a hacer estragos en la pieza. Asustado, el desertor huye, pero en su huida deja el arma, tras arrancarlo del cuerpo de la mujer. El resto ya lo supones: un viudo que hereda una enorme fortuna a través de una nueva desgracia en su vida.

Ante mi veo a un abrumado Jorge que me mira con impotencia—Bonifacio: ¿Tú qué crees que sucedió realmente esa noche?

—Te contesto— digo— con uno de los interrogantes:

— ¿Por qué, precisamente esa noche, es la única en que no se halla Javier en casa? — ¿No crees que es una buena pregunta, Jorge?

—Creo que no se pudo dejar de investigar a fondo sobre ello. Esa cuestión es primordial ¿no? ¿Cuál se supone que es la respuesta a esa pregunta tan incómoda? — inquiere Jorge.

—Bien: que en vista del temporal de nieve que cae en toda la comarca desde por la tarde, y que hace que ésta cuaje con gran rapidez, le invitan a quedarse a cenar y dormir en casa del médico, y así lo hace. Se envía, nada más decidirlo, a un mozo del pueblo a la Casa Grande para que Begoña no se preocupe y él cena con la familia. Más tarde, la inquietud por lo que pueda sentir Begoña ante su ausencia, le consume y, cambiando de idea, decide marchar a casa. No logran convencerle de su despropósito, ni consiente en que ninguno de los hijos del doctor le acompañe. Por lo tanto, en medio de una considerable ventisca, se encamina a su vivienda.

Antes de llegar al portón de entrada, en el último recodo, divisa las llamas. Sus gritos alertan al viejo matrimonio de guardeses que le abren la verja y que le siguen apresuradamente, aunque son incapaces de seguir sus pasos a la misma velocidad.

Cuando llegan a la casa y al dormitorio, conducidos por sus gritos, le encuentran arrodillado en el suelo, abrazando el cuerpo sin vida de su mujer y dando alaridos estremecedores, indiferente al incendio que se está desarrollando en la estancia, a su alrededor.

Según todos los testigos es imposible que en el breve lapsus de tiempo en el que, según parece, se inicia y se descubre el incendio, a nadie, repito: a nadie, le puede dar tiempo de cometer los dos asesinatos, recorrer varias habitaciones de la vivienda, bajar por el sendero, atravesar el portón, cerrarle nuevamente, y llamar a los guardeses.

Y las huellas. Las huellas que no existen...

Como es posible que, en la nieve, no estén marcadas las huellas que ineludiblemente tiene que haber dejado el portón de haber sido abierto, *anteriormente, a la llegada de Javier.*

¿Por dónde entra Javier a la finca, si es él el asesino?

Los guardeses, por si lo que te describo te parece poco, aseguran por todos sus difuntos que, en el camino de acceso, el que comunica, una vez traspasada la verja de entrada, éste, con la vivienda, no han visto ninguna huella en la nieve que pueda demostrar que por allí ha pasado alguien. Los únicos rastros de pisadas halladas, entran en la casa desde la zona del rio y recorren el mismo camino en sentido inverso.

Insisten machaconamente en que, debido al mal tiempo, nadie acude a la casona desde el mediodía, y que el portón solo se abre a lo largo de esa tarde dos veces: la primera para dar paso al chaval que lleva el encargo de Javier, y que, por cierto, tiene instrucciones de no volver a bajar al pueblo y quedarse a pernoctar en el cercano molino y, horas más tarde a Javier. Tiempo más que suficiente para que cualquier huella, de personas o cosas, quedaran hondamente marcadas en ese manto blanco.

Al día siguiente, durante la investigación, se localizan restos de los víveres robados dispersos por la abrupta margen del torrente, en un sitio cercano a la vivienda, lo que hace suponer que el cuerpo del hombre ha rodado, dejando partes de su macabro robo, por varios puntos de la pendiente, hasta llegar a la margen del crecido rio.

Solo aparece una bota en el vestíbulo de la casa. Todos piensan que las deja allí al introducirse en la vivienda, con la intención de no hacer ruido, y que, asustado, en su precipitada huida, no tiene tiempo de volver a ponerse una de ellas. Las huellas de las pisadas en dirección hacia el rio son concluyentes: el supuesto asesino solo lleva calzado un pie.

Nunca se sabe nada de él, ni se encuentra a nadie, vivo o muerto, en las cercanías del cauce del rio, que pueda ser el fugitivo de los crímenes ocasionados en la Casa del Peñasco, como también es llamada por los lugareños.

— Jorge, me gustaría que me respondieras a otra pregunta que me hice, repetidamente, a mí mismo, al conocer éstos hechos:

— Tampoco hay otro tipo de huellas: dactilares. ¿Crees sinceramente que un soldado que huye a la desesperada, con un solo temor: ser localizado, se va entretener en limpiar sus huellas dactilares de la forma en que éste lo hace, minuciosamente? ¿O de no quitarse los guantes, ni para comer, por muy hambriento que se sienta? — Por suerte o por desgracia, incluso ahora la mayor parte de la gente ignora que existe un sistema, tan novedoso como ese, para localizar a personas implicadas en todo tipo de delitos. Y eso, ¿Que demuestra? Cierta cultura. Y, ¿Quién sabemos que la posee exageradamente?

Todo eso, a mí, me conduce a una sola persona. La única a la que puede beneficiar la muerte de Begoña. Detrás de una gran cantidad de dinero siempre se suele encontrar un posible asesino.

— Según tú: Javier — razona un, cada vez, más impresionado Jorge.

Nunca sabremos cómo consiguió resolver el encontrarse, aparentemente, en dos sitios distintos a la vez. Las mejores coartadas de los grandes asesinos han consistido siempre en hacer creer eso a la policía; pero ni yo, ni muchos de los habitantes del caserío y del pueblo creyeron nunca en su inocencia—Uno más de tantos crímenes sin resolver—Concluyo, de momento.

JAVIER - DOMINGO 16:10 h.

«Tengo la espalda molida. Me lo he ganado a base de dormir, en el sofá de mi despacho, durante dos noches seguidas. Bueno, es un decir, porque lo que llevo, realmente, son prácticamente, cuarenta y ocho horas sin pegar ojo.

Tengo que sacar del maletín de viaje una muda y una camisa limpia, si quiero parecer una persona normal ésta tarde, cuando salga de aquí para ir al futbol. Por primera vez en mi vida no tengo ganas de ir; ni siquiera pensar en el partidazo de ésta tarde me levanta la moral ¿Pero, ¿qué voy a hacer aquí? ¿Seguir dándole vueltas a lo mismo? Mi problema tiene nombre propio: Eva.

Hasta ahora han sido suposiciones; Ya no. Sé que algo pasa.

Su sumisión y su miedo son historia, y no se lo puedo permitir. Mejor dicho, yo no me lo puedo permitir. Es la mujer que siempre he buscado: perfecta. En qué coño me he equivocado para que algo me diga que se está escapando. No lo sé.

Soy consciente de que no me niega físicamente. Físicamente, no. Jamás ha intentado huir, ni me ha rehusado su cuerpo; pero su espíritu ya no me teme y eso forma parte de su perfección. ¿Cómo puedo fiarme de que un ser tan exquisito como ella, cuando nos vayamos de España, al encontrarse fuera de su país y dentro de un entorno económico, social y cultural infinitamente más avanzado, unido a su gran bagaje cultural, no adquiera la fuerza necesaria para intentar abandonarme? Incluyendo el hecho de que, al tratarse de países más liberales y, por eso mismo más permisivos, la capacite para ser realmente sencillo desaparecer a un paradero recóndito. Peor aún, que se enamore de otro, y la pueda resultar hasta fácil escabullirse de mis brazos. Esa sería una doble huida y, para mí, el peor escenario posible. Por supuesto: antes la mato.

Ha sido creada para mí y todo lo que he hecho a lo largo de mi vida está destinado a poseerla entera, en cuerpo y alma. Es parte de mí porque ha sido creada para pertenecerme.

Todo, todo, todo, lo hago por ella. Si dejo tras de mi éste rastro de crímenes, también es por ella.

Siempre doy por hecho que está ahí, que es mía y para mí, que una mujer única me espera al final del oscuro túnel para disfrutar juntos del resto de nuestra vida y, ahora, no me puede fallar. Incluso tolero a ese hijo que ha tenido. Me he dado cuenta de que, a través de él, la tengo más atenazada. Que ese niño ha dado forma a los eslabones más gruesos de su cadena.

Y no me voy a engañar. Aunque me produzca intranquilidad la mayor libertad de acción que pueda tener Eva en América, que es a donde tengo planificado que vamos a ir, también es cierto que no puedo llamar más la atención sobre el reguero de muertos que voy dejando detrás de mí.

Ni puedo, ni quiero, dilatar más nuestra marcha al extranjero. Estoy tentando al diablo con mi buena suerte y, lo último que necesito, es que alguien se ponga a atar cabos sobre mi persona.

Temo al diablo. Ese ser maligno que siembra de horror mis pesadillas nocturnas; sombras difusas que murmuran cosas inaudibles en mis oídos; seres imposibles salidos del averno, que se aproximan a mí con su olor a alquimia, bañados en sangre, con entrañas agusanadas y hedores sulfurosos. Sus ojos me vigilan, desde las sombras, y me mantienen paralizado en un sopor mitad sueño, mitad vigilia, que me aterroriza. El miedo provoca que mi cuerpo se convierta en hielo y un sudor frio me despierte empapado. Estas dos últimas noches han sido horribles.

Cada instante de los últimos segundos de la vida de Begoña han pasado por mi mente en cámara lenta; tal y como dicen que le pasa a todo el mundo en el momento de la muerte. *Cada momento*, y ella, al contrario de los demás, no murmura, me grita, mientras me mira fijamente, sus ojos cubiertos de lágrimas sin derramar, acuosos como un lago tenebroso. Acusadores, como cuando ya está muerta. Ojos que denotan un asombro infinito, y que hacen juego con su perturbador tono de voz, cuando grita: ¡Has matado a tu hijo…! ¡A tu hijo…! ¡A tu hijo…! »

Recuerdos y pesadillas se unen, en un todo compacto, que me están volviendo, paulatinamente, loco.

Una imagen tras otra me hace revivir cada instante:

«No tengo más que escarbar un poco entre la nieve para encontrar la cuerda y el "piolet" casero fabricado por mí. Este último, le meto entre mi cuerpo y mi cinturón, para que esté lo más a mano posible.

Cuando tiro de la cuerda se va abriendo un pequeño surco, en la inmaculada nieve, a su paso, hasta llegar al borde del altísimo muro, donde le pierdo de vista. Bueno, eso ocurre mucho antes. Pero ante la imposibilidad de ver, me veo obligado a presentir.

Al tirar fuertemente de la soga noto como continúa sólidamen-
te enlazada al peñasco donde la he atado, unos días antes: en el
borde del precipicio, ya dentro, de la propiedad. De mi propiedad. Cada paso que doy, un poco, más mía.

Envuelvo mis pies, calzados, en un par de toallas viejas que tengo dentro de un saco, una vez que le recojo de su escondite, en
el que lleva desde ésta tarde, cuando he bajado hacía el pueblo.
Le rescato del pequeño, aparentemente, pero profundo boque-
te, de un añoso árbol, cercano a la pared de piedra que circun-
da esa parte de la finca y me lo cruzo al hombro. Asiéndome
con fuerza a los extremos de la soga, me elevo por encima del
muro. Procuro, tal y como he ensayado durante mis excursio-
nes, tantas veces, tocar la pared con mis pies lo menos posible;
pero las altas ramas del árbol, al chocar contra ésta, a causa del
viento, barrerán mis marcas.

La siguiente cuerda me espera, bajo el lateral del balcón de
nuestro dormitorio. El musgo, la reseca hiedra y la nieve se han
encargado de camuflarla. Pero para llegar a ella tengo que atravesar el estrecho, pero largo borde, de un risco hasta llegar al
vértice del peñasco y tras subir varios escalones de roca, situar-
me bajo la cuerda. Es doble, y tiene nudos cada poco tramo,
con el fin de que me sirvan de puntos de apoyo. Va a ser muy
difícil, pero...

La escalada le ha costado a mi cuerpo algo más de lo previsto,
pero he de reconocer, que, pese a mi magnífica forma física, el
recorrido desde el pueblo hasta aquí, con una capa de nieve de
tanto grosor, ha sido más penoso de lo previsto.

No quiero pensar que Begoña haya cerrado el balcón, desde
dentro de nuestro dormitorio, ya que toda la trama se me viene
abajo. Espero que, una vez más, no compruebe si las fallebas del
ventanal están cerradas. Eso forma parte de mi ritual de todas

las noches, antes de acostarme. Por supuesto, no por miedo a que nadie pueda entrar, sino a posibles bruscas ráfagas de viento que la pueda abrir violentamente.

Nada más saltar por encima de los herrajes de la gran balconada, compruebo que no están cerradas las ventanas. Respiro, profundamente, bendiciendo mi buena suerte. Son tan pesadas y sólidas, que ni siquiera el fuerte ventarrón las ha movido un milímetro.

Tengo que conseguir que la fortuna me acompañe aún un rato; que, por la cuenta que me tiene, ha de ser lo más corto posible. Hasta ahora solo he necesitado fuerza bruta, y todo ha dependido exclusivamente de mí. A partir de ahora entran más factores en juego y… más personas»

Una vez más, como por las noches, las imágenes siguen repitiéndose. Sacudo la cabeza para ahuyentarlas, pero no se van. Siguen, siguen y siguen atormentándome:

«Corro silenciosamente el trecho que me lleva a la puerta de la casa. Unos pies calzados con una única bota tienen que recorrer el camino desde la puerta de la casa hasta el borde del risco del rio, y así lo hago.

Necesito hacer creer a todo el mundo que el intruso que ha asaltado nuestra vivienda, se ha desplazado por ese camino dos veces; pero justamente, yo, lo estoy realizando *a la inversa*.

Es el siguiente desafío: tengo que recorrer ese trecho hundiendo los pies en la helada nieve, que me cubre bastante más arriba del tobillo, con un pie descalzo, en medio de los torbellinos de la abundante nevada, que, desde hace unas horas, cae y me ciegan, aún más, de lo que la noche cerrada se encarga de hacer por sí misma; pero incluso así, éste reto es el más sencillo de todos.

Afortunadamente para mí, ha cuajado rápida y cuantiosamente; justo lo que necesito; eso, y poca luz. Su ausencia me dificulta, casi totalmente, ver, pero también impide a los demás observar más de la cuenta.

Cuando llego al lugar elegido previamente busco, con los dedos enguantados, el reborde de la pequeña cornisa de piedra, hasta lograr desprender del todo la roca que se encuentra debajo y que, con bastante esfuerzo termino socavando poco a poco, durante mis correrías, indudablemente, cuando nadie puede verme, hasta dejarla en precario equilibrio, sujeta tan solo por unos pequeños pedruscos en su base y la cuerda escondida entre ellos.

Los guantes no me dejan trabajar bien y resbalan entre los resquicios de hielo y nieve, pero al fin consigo socavar del todo la roca, que está sujeta, inestablemente, a un pequeño saliente de la roca inferior, y la dejo caer, al cada vez, más caudaloso torrente. Produce un estruendo mayor del que imagino, pero nada a mí alrededor hace suponer que nadie se haya despertado. Logro entrever las señales que deja en su caída, pero no me entretengo. A continuación, el hatillo, con las vituallas supuestamente robadas y con el nudo parcialmente deshecho, a propósito, sigue el mismo camino. Tampoco me distraigo contemplando lo que ha sido de él.

Debe parecer que el asesino, ha elegido ese lugar para subir, desde el cauce del rio, porque la pendiente, en ese determinado sitio, se suaviza, y está sembrada de rocas a las que poder asirse, incluso con la dificultad, añadida, de la nieve. El factor con el que no cuenta, es con esa roca en concreto, un poco suelta, y que le precipita al fondo en la bajada.

El tiempo, es el factor más esencial, en todo el tinglado de los incidentes de esa noche.

Recojo la soga, para introducirla en el saco que he dejado en el vestíbulo de la casa, junto con las otras cosas que aún voy a necesitar esta noche; pongo, rápidamente, en mí aterido pie descalzo, la otra bota que llevo, sujeta también en el cinto, sustituyendo a la azadilla, de la que me acabo de desprender, y me dirijo con paso firme a la casa, procurando que las huellas de mis pisadas queden lo más grabadas posibles, en la copiosa capa de nieve, para que permanezcan visibles durante mucho tiempo. Quiero y necesito que se vean bien.

Tengo mis extremidades heladas, pero, aun así, sudo copiosamente. Ni la terrible noche de frio y tormenta lo puede evitar. No es raro, me queda lo peor por hacer.

De momento el exceso de adrenalina me está haciendo un gran favor. Espero que dure lo máximo posible.

<<El máuser ha permanecido escondido, en una habitación de invitados, hasta hace unos minutos. Cuento con la poca disposición, para limpiar a fondo, de las criadas de la casa, y, con que, en realidad, aunque son espías a sueldo, desconocen los asuntos de los amos. Lo de sueldo es un decir: malcomen y punto.

El trabajo en la despensa lo he dejado realizado antes de salir; pero, a pesar de eso, me vuelvo a obligar a comer algo de lo que encuentro.

Ya he cenado, también a la fuerza, en casa del médico, pero hoy me toca repetir.

Destrozo más que como; pero tengo que dar la sensación, no de comer, sino de asaltar alimentos con, una desmedida, hambre atrasada. También me dedico a cortar con la bayoneta, pero sobre todo a estropear, con cortes precipitados y mal hechos, un jamón ya empezado; otro entero se va a encontrar, si todo sale bien, en la bajada al rio, allí donde quiero que caiga con el resto de los comestibles.

Abro otra botella de vino y bebo un largo trago que me arde en la garganta y me sabe agrio, pero que preciso para calentar el cuerpo por dentro, y por fuera, y coger el mínimo valor necesario para realizar lo que tengo que hacer.

Una cierta anticipación, no desagradable del todo, con cierto eco de aventura, hormiguea por mis venas, presagiando que, dentro del terror, también puedo encontrar placer. Cojo un candil de los que guardamos en una repisa de la cocina, y llamo a Saturnina: ésta, un momento después, con cierto aturdimiento, producto del sopor del sueño, del que acaba de ser bruscamente arrebatada, sale de su cuarto a oscuras, pronunciando mi nombre, mientras intenta divisarme, a la incierta luz de la mecha de aceite.

El ir descalzo ayuda a que no me oiga. Tampoco me ve cuando me sitúo a su espalda, agarro su grasoso pelo, para dejar su esquelético cuello al descubierto y se lo corto de lado a lado.

Examino, con curiosidad, como un cuerpo tan descarnado como el suyo produce tal efusión de sangre, de una manera tan inmediata. Mientras el cadáver continúa su labor de desangrado, yo escruto el escenario con el fin de comprobar que todo está en donde se supone que debe estar y mis huellas borradas.

Hay una cosa que no domino y que al final puede conmigo: el asco producido, al verme obligado a pisar, con un pie calzado, con un único calcetín, esa sangre caliente y viscosa que parece almacenar, multiplicado por cien, el olor corporal de esa asquerosa vieja. La repugnancia, al notar en mi propia piel, la pegajosidad y el calor de la densa sangre, puede con las dos cenas obligadas de esa noche y el vómito traspasa mi garganta y mi boca descontrolado.

Esa cotilla que no vacila en mirarme con desprecio desde el día en que me conoce, que no duda en mirarme con manifiesto descaro; que me tiene, mejor: tenía, una clara aversión, no merece ni el vómito que he derramado sobre ella.

Solo era cuestión de tiempo que sus dudas sobre mí, las traspasara a Begoña. En demasiadas ocasiones la he pillado, observando sardónica, mis carantoñas a su ama, y haciendo gestos con la cabeza que, como un libro abierto en la página de braguetazos, decían: haber cuánto dura ésta representación.

Imposible dejarla con vida. La maldita alcahueta ha sabido demasiados detalles de mis costumbres y, había, no solamente aguzado el oído, sino que no perdía de vista mis entradas y salidas de la casa. Demasiada atención sobre mi persona que puede llevar a los responsables de investigar lo que ha pasado, y aún queda por pasar, en la casa, hacía mí, como un foco, como para dejarla con vida.

Además, esta muerte, sí que me ha producido placer. No físico; esa tiparraca solo puede dar asco, desde que la conoces, a mí y a cualquiera; pero si el mental de quitar a ese parásito carroñero de la faz de la tierra>>

Sigue quedando lo peor, pero me juego mucho en el envite como para tener, ahora, dudas.

Me resulta inviable vivir en un pueblo. Es para mí como vegetar en una minúscula isla sin tener, incluso, el aliciente de los infinitos horizontes del mar. No lo conseguí siendo un niño y menos puedo aguantar sus estrecheces y cortedad de miras siendo un adulto. Estrecheces y limitaciones mentales de algunos de sus habitantes. Demasiados largos los inviernos, pocas novedades y largas horas de aburrimiento; con mucho tiempo por delante para hablar de los demás y no precisamente bien. Murmullos y cotilleos constantes nutren, en demasiadas ocasiones, la vida de las personas, a falta de otras posibilidades.

Pero, no. No debo engañarme de nuevo, a mí mismo, ni darme excusas infantiles ni estúpidas.

Lo que siempre he codiciado ha sido el dinero de Begoña.

Desde que estoy al corriente de su fortunón y sé quién es, dentro de la sociedad de provincias, únicamente persigo eso. Ella no me interesa, pero su dinero sí.

¡Y de qué forma! Lo necesito. Debo poseerlo si, en el futuro, quiero aspirar a llevar la vida que siempre codicié. Con todo tipo de lujos. Sin límites. Lo mejor. Las mediocridades no son para mí forma de pensar.

Yo he representado mi papel y cara a ese público, pendiente del menor de mis gestos, creo que lo he hecho bien.

Casi dos años haciendo de marido enamorado: pendiente de los menores caprichos de una esposa, incluso los económicos, que como todos saben, paga ella. Pero, incluso así, no he sobreactuado, e incluso, en varias ocasiones, en público, la he llevado seriamente la contraria; muy en mi actuación de marido consorte cariñoso, pero no dominado.

Venga Javier, no es el momento de divagar. Termina lo que te has propuesto.

No es como ahora, que solamente sé concentrarme en el pasado, obviando lo que realmente importa, el presente.

Recuerdo haber ensayado mentalmente, tanto, éstos actos, que cuando entro en la habitación, para realizarlos, no tengo ni que pensar:

«Me obligo a respirar profundamente, antes de entrar en nuestro dormitorio.

Con sumo cuidado dejo el máuser y el candil encima del tocador de mi mujer, consciente de que le estoy manchando de sangre. Con rapidez, disemino la ropa de Begoña, estratégicamente, de forma que colabore con el fuego que pienso provocar.

Abro, con una mano, cubierta con una de las medias de Begoña, la caja joyero donde se encuentran las joyas de menos valor de ésta, y me apresuro a sacar y guardar en un bolsillo, alguna de las piezas, pocas, de mi mujer, y depositar, el resto, esparcidas, de forma aparentemente precipitada, sobre el tocador.

Tengo especial cuidado en no tocarlas indebidamente. Evito un problema, tan sencillo de resolver, como ese. El resto de la casa, y esa pieza, estará saturado de las huellas dactilares de mis dedos y manos, pero se trata de mi casa y mi dormitorio, ¿no?

La bota del republicano muerto está en el vestíbulo, convenientemente dispuesta y sin mis huellas. Mi calzado habitual en días tan crudos como ese, y que, he llevado encima durante todo el día, se encuentra dentro de la bolsa que he depositado, al entrar, al lado del ventanal del dormitorio. Dentro del edificio, he andado descalzo, para hacer suponer que el intruso pretendía a toda costa evitar ruidos; pero, sobre todo, para *poder dejar yo*, la marca sangrienta del calcetín. Han de suponer que la persona que entra en la casa, no conoce la distribución de las habitaciones. Por fin me puedo quitar los asquerosos calcetines. Con profunda repugnancia, van a parar con todo lo demás, al fondo de la bolsa. Quito los restos de sangre de mi píe a salivazos y me pongo unos calcetines limpios, *iguales* que los anteriores; saco nuevamente *mis zapatos* y me los calzo. Nada debe destacar por inusual.

Compruebo si las prendas de ropa que he tenido esa tarde, durante la cena a la que *me he dejado invitar,* en casa del médico, no se han manchado con los fluidos de Satur, y continuo con el tabardo del militar encontrado muerto en el monte, que me he puesto sobre todo el conjunto, por si se producían indeseadas salpicaduras de sangre, no terminen acabando en mi ropa, y...

... Una vez preparo el escenario, como en una obra de teatro: al fin y al cabo, más tarde y durante bastante tiempo, voy a tener varios espectadores, me vuelvo hacía la cama.

No lo entiendo, pero por un momento dudo; aunque ha sido solo un instante. Me llamo a mí mismo imbécil. Está fuera de toda duda que es algo que, a éstas alturas, ya no me puedo permitir.

Llamo a Begoña por su nombre, varias veces, mientras la sacudo suavemente de un hombro.

Cuando consigo, por fin, sacarla del sueño en el que se halla inmersa, me mira, y una sonrisa retozona comienza a insinuarse en sus labios.

—Siento despertarte, pero creo que Satur no se encuentra bien. Está desmayada sobre el suelo de la cocina. No logro reanimarla— exclamo con apremio.

Sin reaccionar del todo, comienza a hacer las preguntas lógicas, pero casi no la dejo hablar. Cada segunda cuenta; no me puedo permitir perder el tiempo en pantomimas, ni tampoco quiero prolongar ésta situación más allá de lo estrictamente necesario.

La ayudo a salir de la cama, y cuando observo que se dirige a coger una prenda de abrigo, para abrigarse de la baja temperatura del caserón, digo, precipitadamente, a la vez que me vuelvo para coger el arma.

—No te preocupes. Me voy a encargar de que no lo necesites— digo con una crueldad, que hasta a mí, me parece innecesaria.

Empleo una lógica aplastante: te despierta un desconocido dentro de tu habitación y lo único que se te ocurre es arroparte ¿Absurdo, ¿no? En mi plan no tienen cabida los absurdos.

Creo que no escucha bien lo que acabo de decir, ya que me responde: —De acuerdo Javier— No vuelve hacía mí la cara para contestar.

Acaba de dar por supuesto, con esa respuesta, que soy yo el encargado de atender, dentro de sus necesidades personales, el que no tenga frio.

Comienza a intentar andar apresuradamente hacía la puerta. En cuanto se vuelve hacia ella, recojo el máuser, con la bayoneta calada, y la asesto un violento golpe en la espalda.

<<Cometo la insensatez de mirar su rostro una vez muerta. Especialmente sus ojos abiertos>>

Rápidamente prendo fuego a una combinación y una blusa cercanas a las cortinas y a nuestra cama. Pongo especial interés en dejar el máuser, tirado, *no colocado*, en una posición adecuada, para que sea rápidamente lamido por las llamas. ¿Qué mejor forma de borrar, con seguridad, mis huellas? En el arma asesina, sí que no pueden ser encontradas.

Me apresuro hacia el balcón, le abro y tras salir al exterior, con la ayuda de un trozo de cordel, trabo las ventanas y contraventanas de la salida al mirador, para que desde el exterior tengan la apariencia de estar correctamente cerradas. Compruebo, aunque es bastante absurdo, con las nuevamente enguantadas manos, que la cuerda doble, y los barrotes por los que he pasado ésta, y por los que acabo de subir; algo que me empieza a parecer que hace una eternidad, puedan, como lo han hecho antes, con el peso de mi cuerpo.

La balconada cuelga a plomo sobre el precipicio.

Deslizo las piernas a través de la balaustrada, tiro el fardo, que llega al fondo con un ruido sordo, paso las cuerdas por mi espalda y la entrepierna, las sujeto con ambas manos y me dejo caer suavemente, evitando los movimientos bruscos y controlando la velocidad, tal y como he ensayado cientos de veces, hasta que llego a donde deseo, un reborde de la roca.

Recupero la saca y en precario equilibrio; como a la ida, casi como un funambulista, solo que en lugar de a una larga vara me aferro con fuerza a las dos cuerdas que aún cuelgan del balcón, y, sin dejar caer mi carga, consigo llegar al ángulo interno formado por la casa y la roca y, en consecuencia, el más alejado de la casa de los guardeses, lo que a su vez significa un lateral distanciado de la finca.

Lo demás, como antes, ha sido muy sencillo. Un fuerte tirón en uno de los cabos de la soga hace que, poco después, ésta repose a mis pies. La enrollo alrededor de mi cuerpo, no sin antes ponerme mi propia pelliza. La otra va a parar al petate con todo lo que durante la noche he necesitado.

Tras dejarme caer a otro saliente del peñasco, situado en un nivel inferior al que yo me encuentro, y, desde allí, a la unión de la tapia con la roca; rogando que no me rompa algo al caer, me lanzo desde lo alto de ésta, con la esperanza de que la nieve amortigüe el golpe. Así ha sido. Después de rodar sobre mí mismo, sin hacerme daño, al incorporarme, respiro satisfecho de mí proeza. Cuando analizo lo que he hecho, mientras me concedo una mínima pausa, me parece increíble que haya podido escalar esa mole de piedra.

El tronco del árbol, localizado tiempo atrás, hueco en la zona cercana a la raíz, me sirve para ocultar todo lo que ya no necesito. Espolvoreo por encima del saco bastante pimienta y guindilla molida, escamoteada de la cocina un par de días antes, para engañar a los perros, y, con las ramas más bajas del árbol, la nieve que acumulo encima, la que va a seguir cayendo durante la noche y, seguramente durante una larga temporada, imagino que va a evitar que sea encontrado. Supongo que voy a tener, más adelante, algún momento de cierta tranquilidad para rescatarlo y hacer desaparecer su contenido. Cada cosa a su debido tiempo.

Por pura y simple lógica: ¿Quién buscaría fuera del lugar del crimen? Y, sobre todo, ¿Qué buscaría?

Por si acaso a algún listillo se le ocurre, no se lo pongo nada fácil.

La pared de roca, bajo el balcón, de forma cóncava, hará imposible que se noten mis pisadas, ni desde la parte baja de la casa, ni desde el dormitorio. No creo que traigan las autoridades a ningún alpinista para investigar, y, además, antes de la madrugada, mis huellas sobre la nieve, van a estar borradas.

No he terminado, pero solo queda lo fácil: llegar el primero a mi dormitorio, quitar las señales en la nieve de mi estancia en el balcón, y *cerrar el ventanal desde dentro. Después, solamente, necesito representar un drama.*

El fuego arrecia. Es hora de ponerme a correr y gritar.

BONIFACIO — DOMINGO 14:45 horas.

Tengo que reconocer que peco de melodramático al decir a Jorge. ¿También imaginas que la muerte de los padres de Eva se debe a un accidente? — Lo digo de sopetón y me arrepiento al instante...

Jorge ya ni contesta. Se ha puesto aún más pálido, si ello es posible, y se limita a taparse la cara con las manos, como si así lograra impedir que le llegue el horror de mis palabras.

—De todos, éste ha sido el caso más sencillo de resolver. Hace menos tiempo, y, aunque sigo sin tener pruebas, bueno, no es así del todo, sí que es de una lógica aplastante la circunstancia en la que se produce "el terrible accidente":

—La noche anterior a la muerte de los padres de Eva, Javier no se encuentra en donde todo el mundo supone que tiene que estar, sino tremendamente apartado de su ruta. Para un hombre joven hacer un montón de kilómetros en dos días, como ocurre en ésta ocasión, no supone un terrible esfuerzo, y menos a alguien como él, acostumbrado a conducir.

Pero algún punto flaco tenía que tener, y lo tuvo.

Es un hombre insaciable, a muchos niveles, entre otros su apetito en la mesa; por eso, incapaz de prepararse un bocadillo o comer unos trozos de chocolate y unas piezas de fruta, algo que, si compra antes de salir de Madrid, nadie hubiera observado, y no contento con eso, para en una fonda, mala, pero fonda de carretera, al fin y al cabo, y lo fastidia, aún más, pidiendo una de sus comidas favoritas: chuletitas de cordero lechal con pimientos verdes.

El dueño de la fonda ha despiezado el día anterior un corderito para vender, por encargo, en un par de pueblos vecinos, y Javier, al verle colgado encima de un tajo, en una estancia contigua a la cocina, no puede evitar pedir su manjar predilecto. Con la renuencia del dueño del mesón, que teme el posible cabreo de alguno de sus clientes especiales, le tiene que servir las dichosas chuletas. De palo, eso sí; Las de riñonada ya no le gustan tanto. También hay posibilidad de que le pongan de acompañamiento unos pimientos verdes asados. Ambas cosas, junto a una buena ensalada de lechuga, tomates, y cebolla de su propia huerta, se convierte en puro placer para su paladar.

La cena no le defrauda, pero menos aún, a mí, que después de realizar el itinerario hacía la casa, ubicada en plena montaña, de los padres de Eva, por dos rutas distintas; las únicas existentes, sin dejar de parar en todos los posibles sitios en donde Javier hubiera podido tomar un bocado, aspirando a encontrar datos de su descripción personal y de los de su coche, me encuentro con que le recuerdan perfectamente por ese detalle: la controvertida cena y lo que disfruta con ella. Aunque habla lo justo, todos notan que solo le falta relamerse.

Su sistema nervioso se debía encontrar sumamente excitado para comportarse de forma tan llamativa.

Pero hay más cosas que les llama la atención: Les extrañó que continuara viaje a esas horas de la tarde, próxima la llegada de la noche, sobre todo, cuando ven la dirección que toma, hacía la zona de los desfiladeros y los barrancos.

También curioso es, que, al día siguiente, poco después de amanecer, dos de los hijos del matrimonio, un chico y una chica, mientras sacan agua del pozo, ven pasar nuevamente a Javier conduciendo a toda velocidad en dirección contraria a la del día anterior. O no los vio, o no los quiso ver, cuando, como hacen todos los chicuelos en los pueblos, le saludan alegremente con las manos en alto.

Jorge se pone en pie y sirve más café en mi taza. Mira ambas copas de coñac y rellena la mía. Se bebe de un trago lo que queda de la suya, y, tras un mínimo instante de duda, la vuelve a llenar. Sin duda le tiene que sentar bien. Necesita hacer algo y una nimiedad, como beber un poco más de coñac de la cuenta, le puede ayudar a tranquilizar sus nervios… un poco.

—Jorge, lo que te cuento te puede sonar a chiste. Todo se limita a casualidades, teorías y más teorías. Pero no es así. El tramo de carretera, hasta la casa de los padres de Eva, lo he rastreado de forma exhaustiva y he encontrado cosas interesantes. Las rodadas del coche de sus padres nos cuentan con toda claridad cómo, un obstáculo que no debía encontrarse allí, dejó sin espacio para pasar dicho coche. Y, aún mejor que las huellas de los neumáticos, los arbustos del margen del precipicio, nos relatan la historia— Muevo mi culo en el asiento y procuro colocarme bien antes de proseguir:

—Es un paso tan angosto que, si coinciden dos coches, se tienen que parar, decidir quién lo tiene más fácil, y actuar en consecuencia. La velocidad allí es escasa, sobre todo para los que conocen la carretera.

— Entonces ¿Que induce al padre de Eva, que es el que conduce, y está al tanto, como es de suponer, del riesgo que corre si no lleva en ese tramo una velocidad más reducida, a llevar el coche con demasiada velocidad— Pregunta Jorge con cierta extrañeza?

—Yo te lo explico, Jorge. Actúa con responsabilidad: Cuando termina el giro de la curva, a una velocidad razonable, *no ve nada* que le incite a disminuir ésta, porque allí, *no hay nada*, hasta que, de entre la maleza, ve salir un coche en sentido contrario, y prácticamente atravesarse, cortando el camino. Entonces, por puro reflejo, hace lo peor que se puede hacer, frenar a tope y dar un volantazo que, tras arrasar y arrancar los abrojos, del borde de la carretera de tierra, arrastra a ambos al fondo del abismo. El cuerpo de la madre sale despedido, de inmediato, y es literalmente despedazado por las rocas, antes de caer cerca de los restos del coche, donde es calcinada por las llamas de los arbustos próximos. El del padre llega al fondo, dentro del coche, donde muere carbonizado, al explotar el combustible.

El otro vehículo se da a la fuga, y si hubo posibilidad de enterarse del accidente de forma inmediata, es debido a que la fuerte explosión y el humo, alertan a los habitantes de las dos únicas casas, relativamente cercanas— concluyo.

—Bonifacio, no quiero ser ofensivo, pero en estos relatos ¿No hay demasiadas especulaciones y... ninguna prueba que las apoye? — comenta Jorge.

—Solo tengo, y no es soberbia por mi parte, Jorge, el absoluto convencimiento de que, obviando algunos detalles, las cosas suceden como te he contado. Y al margen, estoy seguro de tener pruebas. Voy a llamarlas así, aunque no sirvan para nada, puesto que no se van a presentar denuncias. Dispongo de algo que sí considero concluyente:

— *Dos pruebas materiales:*

— La primera, un trozo de forro de gabardina, de color marrón, sucio, descolorido y arruinado, por estar a la intemperie, que queda enganchado en un matorral. Seguro que, si preguntamos a Eva, corresponde al roto que, sin duda, ha tenido que arreglar recientemente. Es normal que Javier lleve puesta una prenda de abrigo, para resguardase del frio de la noche, si tiene que pasarla con la única protección del coche.

– La segunda. En el lado de la ventanilla del conductor, aproximadamente en el sitio donde yo presumo que aparca el coche, para esperar dentro y provocar el accidente, encuentro un par de colillas de cigarrillos de la misma marca que él fuma; y te aseguro que no es una marca corriente, además de cara. Quizás las tapó la hojarasca y se le pasaron por alto al irse. Las prisas no son buenas consejeras; sobre todo si tienes mucha. Para él tuvo que ser una noche muy larga.

—Por otra parte— continua— debes tener en cuenta que, desde finales de éste verano, que es cuando ocurrieron los hechos, según me informo, en la zona prácticamente no ha llovido y eso ha ayudado a que estos indicios no fueran destruidos. Estas son las mínimas pruebas a las que al principio aludía y que también te entrego.

Otro sobre se une al anterior sobre la mesa.

Jorge alarga la mano con intención de cogerlo, pero debe de pensarlo mejor porque la retira de inmediato.

—Además, el lugar no es precisamente un rincón propicio para encuentros románticos. Muy lejos de cualquier parte y de difícil acceso.

— Por eso insisto, tal y como te he dicho al principio de nuestra conversación, que tantas casualidades son excesivas y por sí mismas delatoras— concluyo.

—Perdona, Bonifacio soy un estúpido. Estoy tan asustado que quiero negar las evidencias.

Jorge, incapaz de permanecer sentado, se levanta de la silla, y deja vagar la mirada a través de la ventana baja y alargada que hay en uno de los laterales de la habitación, por la fachada de la casa de enfrente.

—Sinceramente, Jorge, no sé de qué te va a servir conocer toda ésta basura sobre semejante personaje, pero creo que es preferible que estés al tanto de con quién te enfrentas. Tú mejor que nadie debes saber si puedes o no utilizarlo… y cuando.

Mi consejo es el mismo que te di el último día: Vete con Eva cuanto antes de España. Aléjala de su marido y comienza una nueva vida juntos.

—Esta misma tarde voy a ponerla al corriente de nuestras especulaciones, y a saber lo transcendental del asunto: si ella está dispuesta, o no, a seguirme con el niño y abandonar a su marido definitivamente.

Lo que tengo claro es que nunca voy a relatar a Eva todo lo que tú me has contado. Sobre todo, la muerte de sus padres; podría marcar a Eva para siempre y convertirla en una persona distinta. Creo que ni ella ni el niño merecen saber que su marido y padre es un asesino de tal calibre.

«Ni tú te mereces saber que Begoña estaba embarazada, en el momento de su asesinato, y, sin embargo, pienso que mi obligación era incluirlo en el informe sobre Javier. Creo que es mi deber que no ignores nada»

EVA — Domingo 14:30 horas.

Es un alivio el que Javier anoche no haya regresado a casa. Después de mi enfrentamiento con él, espero que no aparezca. Siempre, posteriormente a una paliza importante, desaparece, y creo que, tras mi comportamiento de hace dos días, con la comida, necesita reflexionar para ver que hace con mi rebeldía.

Y esta tarde hay partido de fútbol.

No tengo miedo de verle entrar por la puerta de casa. Juega el Real Madrid en el estadio Chamartín, y mi marido es un forofo que no deja de acudir, pase lo que pase y, según parece, el partido de hoy es de mucho interés para los aficionados. Esta es la razón más importante para yo elegir, desde hace unas semanas, el día de hoy como el definitivo. Cuanta más gente acuda, mejor para mi propósito.

A Daniel le tengo gateando por el suelo del dormitorio. No me viene bien que se duerma ahora, prefiero que lo haga después, cuando estemos en la calle. De todas formas, aunque me sobra tiempo, voy a comenzar a preparar las cosas.

Está todo escondido en lo más profundo del armario, innecesariamente, pues soy yo la encargada de dejar todos los días su ropa preparada. Pantalones y chaqueta, camisa, ropa interior y zapatos limpios, esperan todas las mañanas a que mi amo y señor despierte y se vista.

Al poco tiempo, para las delicias de mi hijo Daniel, que, aga-rrándose al borde de la cama, intenta cogerlo todo con sus ma-nitas, tengo la superficie de la colcha llena de la ropa que vamos a llevar puesta, un poco más tarde, los dos. Tanto el nene, como yo, estrenamos dentro de un rato toda la ropa. De arriba a aba-jo. Lo he comprado poco a poco, prenda a prenda, con el poco dinero que consigo reunir a fuerza de tomar sopas aguadas, cal-dos de verdura con patatas y, sobre todo, manzanas, muchas manzanas, que engañan al estómago y cuestan poco, durante los días que mi marido se encuentra fuera de Madrid.

Me esmero a la hora de vestir al niño. De alguna forma estoy procediendo como si estuviera ejecutando y llevando a cabo un ritual: incluso a mí misma me cuesta reconocerme con esa in-dumentaria tan alegre. Todo lo que llevo es nuevo y, de eso se trata, de que no lo conozca él. Eso es lo que pretendo, que la ropa le despiste, y que, dentro de unas horas, no nos reconozca a ninguno de los dos.

Mi mayor preocupación es, coincidir con alguno de mis vecinos del edificio, y que les extrañe verme vestida así. Para prevenir eso, he presionado a la modista hasta la saciedad para que el abrigo sea reversible con la parte interior de color negro. Me ha costado trabajo, pero es una parte imprescindible de mi trans-formación. No es posible ceder a su desmedido interés por mi economía doméstica y sobre todo a su gran curiosidad.

Lo que insiste la mujer en que me va a resultar más barato ha-cerme dos distintos, que tener que confeccionar uno tan com-plicado.

El sombrero puedo ocultarle, dentro del bolso, hasta encontrarme en la calle y el resto al ser, también, de color negro, no me va a causar ningún problema.

La modista la elijo al azar fuera de mi barrio para evitar encuentros inoportunos; y la cuento, nada más llegar, la historia de una amiga íntima mía que alaba mucho su forma de coser. La pobre mujer en "un principio" no la recuerda. No es raro teniendo en cuenta que el nombre me lo invento sobre la marcha, y, aunque de momento queda desconcertada, rápidamente asegura que sí, que es una de sus mejores clientas. Tampoco es para discutir por tan poca cosa. No están los tiempos para desperdiciar trabajo por naderías.

Ahora, si acabo de una vez de vestirme me tengo que enfrentar a mi atroz decisión.

BONIFACIO - Domingo 15:55 horas.

—Me desagrada la opción de comenzar una relación con mentiras y secretos, pero esto es demasiado fuerte. A mí me puede servir para no tener remordimientos de conciencia por haberla apartado de su marido; al contrario, tanto consciente como inconscientemente no voy a poder evitar, egoístamente, para aliviar mis escrúpulos, pensar que puedo haberles salvado la vida al alejarles de éste monstruo, sin embargo, a Eva... Lo siento, pero no...

Se vuelve de nuevo hacia la ventana, inmerso en sus pensamientos, y sin terminar la frase.

No puedo evitar sobresaltarme al escuchar su grito.

— ¡Es Eva! ¡Qué significa esto! ¿Qué está haciendo? ¿Por qué va vestida de esa forma? — las palabras se precipitan en su boca— Ayer quedamos en reunirnos ésta tarde — Mira su reloj— dentro de, poco más de, media hora.

De momento no entiendo nada, hasta que también yo, me aproximo a la ventana y veo a una mujer que, con bastaste esfuerzo, ya que lleva a un niño pequeño en brazos, se está poniendo sobre un vestido negro, un ligero abrigo de cuadros rojos y negros. Completa su indumentaria con un sombrero profundamente encasquetado rojo, zapatos planos negros y una bufanda de la misma tela que el abrigo, que la tapa prácticamente lo poco que el sombrero deja al descubierto de su cara. Una vez concluye la tarea, comienza a avanzar precipitadamente, pese a llevar al niño encima.

Durante un instante sigo sin comprender, hasta que la reflexión de Jorge sobre su ropa, me hace recordar que Eva está de luto.

— ¿Estás seguro de que es Eva? — pregunto a Jorge.

Ahora es él el que me mira sin comprender. Parece como si le hubiera hecho una pregunta irracional, sin darse cuenta de que yo, a Eva, no la conozco personalmente.

—Sí, es ella. Pero ¿por qué lleva esa ropa? ¿Y hoy domingo, a donde va con esas prisas? — Al caer de la nube, las preguntas se multiplican en sus labios y su miedo se acentúa– ¿Por qué razón no lleva el cochecito del niño?

Demasiadas preguntas que solo pueden ser contestadas por la interesada.

Yo también opino que no va de visita, ya que sus conocidos conocen la desgraciada muerte de sus padres, y se pueden extrañar de verla vestida así. Estamos en España. El luto ha arruinado la vida de muchas mujeres, demasiadas, pero éstas, inexplicablemente, serían las primeras en crucificar públicamente a Eva por semejante desfachatez.

— No puede pensar en huir sola ahora que... Por favor, no... No puede ser... — balbucea Jorge, presa del pánico — Voy a hablar con ella— Con paso decidido se dirige hacia la puerta.

—Jorge— Me veo obligado a sujetarle por un brazo— Ahora mismo es cuando menos estupideces os podéis permitir los dos. Deja que intervenga yo.

— Los domingos nunca está su marido en casa, me consta; hemos quedado demasiadas veces para no saberlo. Sé que está poniendo en práctica algo, y el hecho de que se vista de esa forma, me hace pensar que no es nada bueno. Lo que ignoro, es qué. No me puedes impedir que actúe.

No sé si Jorge me traspasa su nerviosismo, pero estoy plenamente de acuerdo en que la forma de proceder de Eva no parece razonable. Cada vez veo con más claridad que, obviamente, no va de paseo ni a visitar a alguien con su hijo.

La declaración de Jorge de su cita enciende otra alerta en mi cerebro. Es obvio que no piensa acudir a ella. Y mis cinco sentidos me advierten que su forma de vestir es un camuflaje. Su cara. Prácticamente la lleva cubierta entre el sombrero y la bufanda. Hoy precisamente es un día agradablemente cálido y soleado; no necesita ir tan tapada. Conclusión: ¿Por qué quiere pasar desapercibida? ¿De qué o quién se oculta? Tiene razón Jorge, algo huele mal en la conducta de Eva.

Empiezo a actuar: — ¿Está tu chofer en casa? — pregunto ansiosamente —Quiero que me recoja, ahora mismo, en la puerta del consultorio.

Antes de terminar la frase ya está, Jorge, dando instrucciones por teléfono.

—Tú te quedas— digo tajante, al ver que se pone un abrigo que tiene colgado en el perchero.

—Ni, aunque eso me salvara de las llamas del infierno— es su contundente respuesta.

Cuando me asomo, discretamente, a la puerta de entrada al edificio observo la silueta de Eva demasiado cerca del final de la larga calle. Una mujer con un niño a cuestas no suele avanzar excesivamente rápido, pero ella lo hace, así que, pienso, o tenemos suerte, o se puede perder su pista. Quizás he pecado de arrogante.

Cuando llega Paco y montamos en el coche a la mayor velocidad posible, le indico que siga calle abajo, precipitadamente. No se inmuta al recibir órdenes mías y no de Jorge. Un hombre perfectamente aleccionado. Llegamos a tiempo, afortunadamente, al doblar la esquina, de ver como Eva con su hijo suben a un taxi. Empezamos a seguirlos.

Al audible suspiro de alivio de Jorge, se suma el mío interno.

EVA-DOMINGO 16:00 horas.

Creo escuchar puertas que se abren y se cierran en todos los pisos mientras bajo en el ascensor. Es pura sugestión y miedo ya que llego al portal sin encontrarme con nadie. A estas horas es difícil que me cruce con ningún vecino. Realmente resulta muy peligroso para mí el que alguien me vea salir. La gente no es tonta y puede atar cabos. Se supone que, a estas horas, debo estar vigilando la siesta de mi hijo, en casita, como cualquier madre que se precie. Tengo que salir a la calle, rápidamente, donde, una vez con el sombrero y el abrigo puesto, a cualquiera le costará más reconocerme.

Lo logro. Pienso que no me ha visto nadie y, como espero, la calle está prácticamente desierta. No me suena ninguna de las caras de las personas con las que me cruzo, lo que hace que me tranquilice un poco.

El abrigo me ha costado un triunfo colocármelo sin que terminara Daniel en el santo suelo. Ahora, con el gorrito y la bufanda puestos, ya está mi disfraz terminado. De todas formas, voy a procurar echarme un vistazo en la luna de algún comercio para asegurarme de que todo está en su sitio.

Tengo que encontrar un taxi, como sea, para ir a la Puerta del Sol. Javier es extremadamente puntual. No me puedo permitir llegar tarde a mi cita con él.

Todo mi planteamiento de esta tarde se vendría abajo si Javier fuera al futbol en coche, pero no lo hace así. Creo que prescinde de ésta comodidad para imbuirse del ambiente de los forofos desde antes del comienzo del partido. Es una manía como otra cualquiera, que yo no dejaría de respetar, si en lo demás fuera normal o como mínimo, se comportara, un poco, como tal.

Una de sus mayores características es la intensidad con que lo vive todo. Muchas veces me planteo, cómo un hombre así, puede soportar una vida tan plana y gris como la suya.

Cómo era capaz de engañarse a sí mismo, antes de casarnos, planeando soberbias y lujosas vivencias que nunca podremos realizar. Nunca se lo he criticado, un poco de imaginación y de sana ambición no perjudica a nadie.

Llevo un buen rato vigilando los alrededores de la entrada del Metro para observar si veo llegar a Javier. Sería curioso haber empleado tanto tiempo, esfuerzos y el poco dinero que he logrado reunir, en preparativos, para luego no advertir su presencia. Por si eso no es suficiente: el intentar distinguirle, con la cantidad de gente que accede hacía las escaleras, sin contar con la que sube, que dificulta la visión, tengo que hacer otras cosas, como entretener a Daniel, al que ya no sé, por más que busco en el bolso, que darle para que se distraiga.

Es esencial, cada momento más, procurar no llamar la atención a nadie.
No, no me pasa desapercibida su presencia. Mientras estoy inclinada, sujetando a Daniel por ambos brazos, dejándole patalear sobre el suelo, por el rabillo del ojo le veo acercarse hacía mí.

Por la columna vertebral me baja una sensación de descarga eléctrica que me paraliza. Sé que me pongo blanca, lo noto. Las piernas no me sujetan y no tengo nada donde apoyarme.

¡Creo que me ha visto! ¡Viene en mi dirección! Incongruentemente, susurro… ¡Dios mío!… por favor… ¡no!

Pero no, no soy yo. Es la boca del metro la que atrae totalmente su atención. Según se acerca a ella, logro, no sé cómo, enderezarme; no sin antes coger al niño entre mis brazos y, hundir la cara en él, en un simulacro de juego… mortal. Le sigo con la mirada, no puedo dejar que escape, pero tampoco que me reconozca.

Debo seguirle sin ser vista. Siempre manteniéndome a sus espaldas, con la distancia de una o dos personas entre nosotros, bajo también las escaleras del Metro y le sigo, por la red subterránea, hasta llegar a la estación a la que me consta se dirige. Una vez allí, con tanta gente, no me resulta tan sencillo seguirle la pista, pero, obstinadamente, lo logró. De la misma forma que él consigue situarse en la primera fila de las personas que esperan la llegada del convoy.

Su impaciencia. Siempre hay que contar con su divina impaciencia.

JORGE

Por un momento envidio a Bonifacio, cuando, al llegar a las proximidades de la Puerta del Sol, ve a Eva bajar del taxi y con paso resuelto, pero sin llamar la atención, se dirige a una de las bocas del metro: la más próxima a la calle Arenal. Con agilidad, Bonifacio, baja del coche precipitadamente, no sin previamente decir a Paco que dé, de forma discreta, vueltas por las manzanas adyacentes, hasta que, uno de nosotros dos, le digamos a donde tiene que dirigirse.

Le envidio por la sencilla razón, de que al ser para Eva un perfecto desconocido, se ha podido situar cerca de ella; despreocupadamente, encender un cigarrillo, mientras que, imitándola, observa su entorno como el que está esperando la llegada de alguien. De vez en cuando, para dar más verisimilitud a su actuación, se alza ligeramente sobre la punta de los pies y otea un poco más lejos de lo que su, más bien, corta estatura le permite.

Lo que tengo claro es que no la quita ojo de encima.

Yo, por mi parte, tras bajar del coche, me oculto entre dos coches parados ante el Hotel Americano y, desde allí, mantengo puestos los cinco sentidos en la conducta de ambos.

El no conocer la razón de la extraña conducta de Eva, me vuelve loco. Noto un peso en la boca del estómago que casi no me deja respirar y, de no ser por las obstinadas reflexiones de Bonifacio, durante el trayecto en coche, de que la mejor actitud, por nuestra parte, es observarla, para que su comportamiento nos indique cuáles son sus intenciones, me impide acercarme a ella e inquirir las razones de su intrigante forma de actuar.

Analizo una y otra vez las palabras vertidas por sus labios la tarde anterior. Sus protestas de amor, su apasionamiento al pronunciarlas, su mirada, pero… también ese algo que queda en suspenso entre los dos… sobre si algún imprevisto nos puede separar en un futuro… ¿próximo? ¿Qué pasa por su mente cuando pronuncia éstas frases? ¿A qué se refiere? Me inquieto, ayer, mientras las balbucea y, no sé por qué, pero estoy seguro de que tiene que ver con su manera de proceder ahora.

La conozco; pese a tantas barreras y la falta de intimidad física, la conozco. En éste momento me lo está demostrando. Su cuerpo, cómo en una actuación mímica me transmite, al envararse, que algo nuevo sucede en su entorno. Sigo una línea imaginaria que parte de sus ojos y le veo: su marido. En contadas ocasiones les he visto juntos, pero su imagen, la imagen de él, la tengo marcada como una huella candente en mi cerebro. Imposible para mi olvidar la cara y el aspecto de semejante personaje. Me repele su presencia.

Todo lo veo claro. Ha quedado con él. A pesar de su miedo la balanza se inclina hacía su lado. De repente me invade el frio desolador de las infinitas noches con su cuerpo nunca tenido; ya para siempre ausente. Y el de los días sin que me acaricie el calor de su presencia.

Tantos sueños, tantos ardores, tanto anhelo de una existencia juntos, para ahora, cuando rozo esa posibilidad, me los quiten a los dos. A ella y a Daniel. Para mí, forman entre ambos un todo indivisible, y ahora voy a perder al uno y al otro.

Mi mundo y yo quedamos hechos añicos en cuestión de milésimas de segundo. Ya no existo, me ha eliminado de la ecuación y no tengo nada que resolver. Ella es la que ha tomado la decisión y contra eso no voy a hacer nada. Me tengo que alejar de forma total y definitiva de su vida y dejar que ésta siga su curso. La mía también.

De la misma forma que no se puede partir el viento con las manos y, después de pasado, intentar volver a unirlo, no puedo separar ésta parte de mi vida y tirarla al vacío sin que deje estela en mi alma.

¿Pero…? Ahora sí que no comprendo lo que está pasando.

¿Qué ocurre? ¡No entiendo nada! Javier pasa cerca de Eva, casi rozándola, y ésta no solo no llama su atención, sino que parece como si no quisiera que la vea. ¿Qué sucede? ¿No se ocultará precisamente…de él?

Sí; con seguridad.

Le está siguiendo: a su marido; ya no tengo la menor duda.

Y Bonifacio la sigue a ella. Si no fuera porque, salvo Eva, nadie sabe de qué va esto y, por lo que deduzco, tampoco Javier, es para reírse. Parece un vodevil. Varias personas adultas, inteligentes y razonablemente sensatas, persiguiéndose unas a otras; y todas, salvo una, ignorantes de qué sucede en éste tinglado.

Los problemas de éste individuo no me preocupan, salvo en lo que concierne a su relación con Eva; pero, lo que parece claro, es que, en ésta ocasión, se han invertido los términos y, el agente pasivo es él, y el activo Eva.

No lo dudo; me pongo a correr y me sitúo a una distancia prudencial de Bonifacio. En estas extrañas circunstancias no quiero que me vean y mí elevada estatura me perjudica, pese a que todos los protagonistas de la aventura no miran más que en una dirección fija: al que les precede.

Bonifacio tiene ojos en la nuca y me advierte discreción con una sola mirada. Me alejo un poco más de ellos hasta que me introduzco por la boca de acceso al andén. Allí, por primera vez, mi altura me beneficia, y, al estirarme como queriendo ver la llegada del tren por el túnel, observo una escena, que sin saber muy bien por qué, me produce un escalofrió de aprensión…

La masa de cuerpos humanos se compacta cada vez más, con anticipación, al escuchar el sonido del convoy acercándose.

Mientras lucho contra esa barrera que se interpone entre Eva y yo, abriéndome paso como puedo, cada vez siento más miedo…

EVA

Estoy detrás de él. Propósito conseguido.

Comienzo a escuchar el sonido del tren anunciando su llegada. Debería de tratarse de una grata melodía para mis oídos, sin embargo, no sé por qué, pero lo único que siento, es una insondable pena y, sin fuerza de voluntad para poder evitarlo, aún a riesgo de atraer la curiosidad ajena, lágrimas, de desesperación y de impotencia, comienzan a deslizarse sobre mi cara.

No puedo. Me he engañado a mí misma pero la realidad me golpea con fuerza. *No... No puedo.*

Noto un par de golpecitos en mi antebrazo y cuando me vuelvo confirmo que no estoy sola, cómo por un instante, llego a pensar. Y no me refiero al enjambre de personas que me rodean.

Hay un hombre de cierta edad, a mi izquierda, que me observa detenidamente, y que, también observa con atención, mi mano derecha, que centímetro a centímetro, y sin que yo sea consciente de ello, se va retirando de la pierna de mi hijo, para dirigirse, extendida, hacia la espalda de mi marido, no con ánimo de buscar un punto de apoyo; imposible caerse en ese maremágnum de gente, sino de empujarle. Una vez allí, ha encontrado su sitio en el espacio y ha quedado congelada en el tiempo, a la espera de que, en el momento oportuno, yo, le imprima la fuerza necesaria para lanzarle a las vías del tren.

Quedo aterrada cuando, con una mezcla de amabilidad y severidad casi paternal, me indica, con un levísimo gesto de la cabeza: no. Nadie nos mira, es un lenguaje que solo hablamos dos personas: él y yo.

Es tan fuerte el impacto que recibo, al darme cuenta a través de su negación, de la consecuencia del acto, al que, voluntariamente acabo de renunciar, que también yo repito el gesto con la misma levedad y, cuando con autoridad musita un: vete, prácticamente inaudible, empiezo a buscar la forma de huir de esa masa de gente que nos rodea, a los tres actores de un drama, que no se va a producir. Una tragedia que comenzará de nuevo para mí. esa misma noche, cuando Javier vuelva a casa y todo siga igual.

Lo siento Daniel, te he fallado y me he fallado. No sabes, ni nunca sabrás, con cuanta intensidad he planificado éste acto criminal con la total intención de llevarlo hasta las últimas consecuencias, pero no lo logro. No soy capaz.

BONIFACIO

Logro introducirme, no sin concierta brusquedad, entre la baraúnda de gente, y me aproximo hasta conseguir quedar en diagonal con Javier, y con Eva y el niño a mi derecha.

Eva, pobrecita. Mira que a lo largo y ancho de mi vida veo, y sigo viendo, escenas de personas o actos que causan dolor, sobre todo por la impotencia, ante los hechos, que, implacables, se desarrollan a su alrededor, pero Eva es digna de mención… en un apartado especial.

Cualquier persona que la mirase se hubiera dado, automáticamente, cuenta de sus intenciones. Su cuerpo la delata, tan ostensiblemente, a pesar de que su cara es un canto a la irresolución. Y su mano… su mano. Ni siquiera armada con un puñal hubiese sido más siniestra para el espectador más inocente.

La mirada fija de sus enormes ojos se encuentra atrapada en un punto indeterminado de la nuca de su marido, mientras enormes lagrimones caen hacia la comisura de su boca, los labios abiertos en una mueca de estupor. Su mano derecha, como si tuviera vida propia, independiente del resto del cuerpo, va subiendo con una lentitud impresionante hacia el centro de la espalda de Javier. Queda, como la mirada; esculpida en la atmósfera caliente y sudorosa que se encuentra, entre su cuerpo, y las fibras de la tela de la gabardina marrón de su marido.

—Tengo que dar dos golpes en su brazo para sacarla de su aturdimiento. Cuando consigo que regrese de los límites de su arrasada conciencia; de allí donde yo sé que ha estado, y me mira, la digo: *no.*

No es precisa mi advertencia. No es capaz.

—Mis labios pronuncian de nuevo otra sola palabra, que me consta que ella lee en ellos: *vete.*

Sale del embotamiento en el que está sumergida e intenta huir de allí, escapar, pero no puede. El sonido de los vagones recorriendo la vía está cada vez más cerca, y su intensidad aumenta, en la misma proporción, la agitación de los que ya se ven en sus lugares de destino.

Eva, después de intentar fabricarse un futuro mejor y de tenerlo cara a cara, ha renunciado a él.

Javier se encuentra en primera fila, esperando con impaciencia la llegada del tren.

El bastón de Jorge, que hace unos minutos, encuentro apoyado en los asientos del vehículo y que cojo para entretener mis nervios durante el trayecto en coche, no sé cómo, sigue en mi mano derecha.
La idea surge sola.

Ya asoman las luces del primer vagón del metro por el largo túnel.

Es un impulso. Se trata de un último favor a personas que se lo merecen, e incluso a la sociedad, el quitar a esa alimaña del medio.

Javier no entiende nada y lo siento. Una forma de dejar de existir excesivamente rápida para una vida tan violenta; pero sí tiene tiempo de saber que va a morir. Lo sé, porque tengo unos instantes para ver el pavor en sus ojos, cuando se vuelve extrañado al notar el empujón, de la cantonera del bastón, en su corva, haciéndole perder por completo el equilibrio, y también observo cómo sus labios forman en silencio una palabra:

¡¡¡ Madree…!!!

Como tantos hombres en sus últimos instantes.

Entre gritos, la gente que un minuto antes nos rodea, retrocede. Eva y yo también. Nos conviene aprovechar la conmoción de la muchedumbre, durante los primeros momentos del accidente, para salir de la estación y perdernos entre el enjambre de personas que deambulan en estos momentos por la Puerta del Sol. Seremos uno de tantos entre la multitud de la Puerta del Sol de un domingo por la tarde. Y, por si fuera poco, hay un partidazo de futbol.

Javier no deja de mirarme mientras cae al vacío, antes de ser arrollado por el tren, intentando comprender la razón de que un perfecto desconocido le mate.

El aullido llena con su sonido el andén del metro.

JORGE

El pánico se desata en la zona del andén. Donde un segundo antes se encontraban personas dispuestas a disfrutar de una tarde de domingo más, ahora solo existe el caos más absoluto, provocado por el pánico. La diferencia estriba en que, ese, en particular, quedará clavado en su memoria para siempre. Sobre todo, para los que han presenciado la caída de Javier, sobre los rieles metálicos, en primera persona, y han escuchado el chirriar de los frenos del vagón de marcha.

La riada de gente que intenta salir de la estación del metro se junta con la que, ignorante de lo que acaba de suceder, pretende entrar. Extrañamente, mi situación, al encontrarme cercano a la boca de acceso al túnel, hace, relativamente, fácil reunirme con Eva. La estampida de personas la aproxima a donde yo estoy.

Gritos, voces, caras de pavor. Un único objetivo para casi todos, salir de allí donde la muerte ha clavado sus garras; no vaya a continuar con hambre de vidas humanas.

Menos Eva. Lo ve todo y no entiende nada. Yo tampoco sé ni comprendo, pero me urge la necesidad de irme, con ella y el niño, y ponerla a salvo; aunque aún no sé de qué. De momento, del tumulto, que puede terminar con alguno de nosotros aplastado. No voy a dejar que el caos de su vida termine con la muerte de ella o de Daniel en este andén.

Tengo que coger al niño, que llora asustado por el ruido, de sus brazos, y sujetarla, apoyándola contra la pared, pues se encuentra al borde del desmayo. Como puedo, ayudado por la presión de los cuerpos de los que quieren evaporarse de allí a toda costa; agradecido por esta involuntaria colaboración, y sin que Eva haga nada por participar en nuestra huida, veo a Bonifacio pasar, dejándose arrastrar por aquella marabunta. Ningún gesto, en nuestra dirección, indica que nos haya visto, aunque yo puedo poner la mano en el fuego aseverándolo.

Eva…

Continúa en estado de shock y no levanta la cabeza. No sabe lo que pasa, ni tan siquiera que soy yo el que la llevo, literalmente, en volandas. Solo sabe lo que ha pasado… antes. Escenas anteriores mantienen su cerebro bloqueado.

No; ni siquiera yo, soy demasiado consciente de lo ocurrido; también, de alguna manera, me estoy negando a digerir la magnitud de lo que imagino:

Eva se acaba de convertir en una criminal.

Estoy intentando proteger a *una asesina.*

De alguna forma tengo que llevarlos hasta el coche, reanimar a Eva y, ¡Gracias a Dios!, con la ayuda de Paco, *conseguir* trasladarla hasta las proximidades de su casa. Tengo que evitar que nos vean juntos, pero sobre todo debo, no evitar, sino conseguir, que Eva sea vista por nadie hasta que llegue a su casa. Solo una vez que la deje Paco bajo su techo puede mentir hasta la saciedad y asegurar que no ha salido en toda la tarde. Antes de separarnos tengo que darla un montón de instrucciones; pero ella se tiene que encontrar en condiciones de recibirlas y lo principal: de entenderlas.

Eva… Eva… Repito su nombre en su oído, una y otra vez, con la esperanza de sacarla de esa insensibilidad en la que está. La única señal que recibo de su mejoría es que sus piernas la sujetan un poco más que hace un instante. Estamos cerca de la salida, cariño, sigo murmurando: aguanta. Por ti, por el niño, por mí.

«No sé cómo, Eva, pero te prometo que no pienso permitir que te detengan por el asesinato de tu marido. Te amo demasiado y no voy a dejar que nadie, ni siquiera yo, te juzgue por ello»

—Dentro de unas horas, cuando la policía se ponga en contacto contigo, debes estar preparada para contestar, con naturalidad y apariencia de total credibilidad, a sus preguntas; sin derrumbarte. Si has podido matar a Javier también habrás estudiado cómo comportarte después…, tú sola.

—Querida: no se sé si escuchas mis susurros, ni si entiendes lo que te digo, y menos en medio de ésta locura, pero, cuando llegues a casa abre bien las cortinas de tu salón y mira hacía el último piso de mi edificio. Así es como comenzó todo. Tú no me verás, pero yo a ti si, y notaras el calor de mi amor a través de ese espacio que nos separa. Eso te dará
fuerzas. Y a mí. Sobre todo, si pienso que lo mejor que puedo hacer, si quiero salvarte, es no hacer nada.

Siempre me veo obligado a quedarme en los confines de tu existencia.

BONIFACIO

«Mis hombros están hundidos y camino como una persona derrotada, pero no por lo que acabo de hacer a ese cerdo; es lo mínimo que se merecía.

En un instante de ceguera de mi integridad moral, me dejo convertir en juez y verdugo y le concedo una muerte que no se merece, excesivamente benigna. No está impregnada de la crueldad con la que él ha vivido. La justicia le hubiese tratado infinitamente peor que yo y le hubiese condenado a una muerte menos rápida y más dura.

No; no es por arrogarme el derecho de vida o muerte de una persona como él, por lo que me siento así, sino por lo que están haciendo conmigo y por el daño que aún desean realizar.

La ambición se lleva por delante la amistad; largos años de compañerismo y de estrecha colaboración.

No hay nada como una guerra para sacar las inmundicias de todos a flote. Años después aún siguen flotando.

Mi puesto era, y es, muy goloso. Aunque nunca he querido ascender de forma oficial, si lo he hecho oficiosamente, y eso se traduce en poder, mucho poder, que mal empleado puede destruir a muchos. No soy un santo y no se llega a esas alturas siéndolo. He desempeñado el papel de malo, en tantas ocasiones, que la lista de afectados gravemente y sin límites, sería muy, muy larga; pero soy consciente de que otros habrían hecho mucho más daño… innecesario. Eso no me absuelve ante mis propios ojos y, curiosamente, es lo que me hace aceptar con mayor resignación lo que espero. Ahora bien, no admito, que la calumnia me traiga, además de un trágico final, la deshonra, y lo peor: la desgracia de mi familia.

Durante tantos años en un cargo como el mío, tan idóneo para enriquecerse, no solo no me lucro personalmente, sino que lucho contra la corrupción de mis subordinados constantemente. Quizás es eso lo que no me perdonan. Pero aquí estoy. Hoy es domingo y ayer me notifican, de forma oficial, que acuda al Ministerio de Gobernación, de La Puerta del Sol, el martes a primerísima hora de la mañana. Soy de las pocas personas en España, a las que se les requiere de forma voluntaria su presencia, para ingresarlas directamente en el calabozo. Digno de agradecimiento.

Conmigo quieren emplear la discreción. Ningún coche oficial se va a detener en mi portal. No van a acudir en masa a arrestarme en mi propia casa, a altas horas de la noche, para que se entere todo el vecindario y sirva de escarmiento a propios y extraños. Yo de repente voy a desaparecer y si se habla de mí, va a ser en voz muy baja. Durante mucho tiempo, a mis familiares y amigos, se les va a mirar a hurtadillas y con una profunda desconfianza. Pero el tiempo lo borra todo y, como la tradición egipcia, moriré dos veces. Una realmente, y otra, cuando mi nombre sea borrado de los expedientes y se silencie para siempre.

Llevo los pasaportes falsos de mis dos hijas, yernos y nietos, en el bolsillo de la americana. También está el de mi mujer, Lola, y el mío propio; todos a nombres falsos, por supuesto. El trabajillo de un antiguo delincuente que me agradece algún que otro favor. El mismo que Jorge ya no va a necesitar.

También llevo encima todo el dinero que he podido reunir; los ahorros de Lola, y el sobre con la retribución de Jorge. No soy idiota y, por el bulto que forman los billetes me consta que Jorge ha añadido una, muy, muy, sustanciosa gratificación, a la cantidad acordada. No creo merecerla, ni he hecho, *lo de Javier*, en aras de un contraproducente agradecimiento. Por una vez, me trago el orgullo, y cojo ésta excesiva cantidad de dinero, con gratitud. Mis hijos lo pueden necesitar.

Expresamente he dejado que transcurra el tiempo, no por egoísmo personal de que todo sea lo más normal posible en mi entorno familiar, ni siquiera por Lola, sino porque *ellos saben que yo sé*. Aún tengo contactos que me informan de lo que se cuece en las dependencias de Gobernación. Pero no creo que se les ocurra pensar que pueda tener programada la huida de mi familia tan tarde. En el último minuto. Creo que es un pequeño ardid por mi parte que les puede despistar. Por lo menos me aferro a esa idea con toda mi alma.

Mis hijas, y sus familias, tienen que pasar la frontera esta misma noche o mañana por la mañana, si no quieren que mi *problema* les alcance a ellos, pero mi mujer…

Quedo con todos, en casa de la menor, y la despedida va a ser durísima. No tengo ninguna esperanza de volver a verlos jamás y, aunque llevo mucho tiempo intentando asumirlo, el desgarro interno es inconcebible.

Voy a luchar por lograr que Lola se vaya con alguno de ellos. No soporto la idea de dejarla sola, indefensa y sin recursos, cuando se merece todo lo que podamos hacer por ella.

Es una esposa leal, entregada, que solo vive por los suyos, y a la que amaré hasta el último momento. Amo cada arruga de su, aún bonito, aunque ajado rostro, y conozco incluso la causa que la provocó.

No voy a tardar en morir; los calabozos y los trabajos forzados no son para gente de mi edad y, llegado el caso, puedo ayudar a que se anticipe. Quizás, si mi Lola no quiere irse, seamos dos los que traspasemos, no las fronteras de Francia o Portugal, sino aquellas que no tienen retorno.

Vuelvo, una vez más, la cabeza para ver si me siguen y miro el reflejo de las lunas de los escaparates para cerciorarme. No, estoy seguro de que hoy no, aunque constantemente tomo precauciones para estar seguro. No, sigo creyendo que hoy no es el día más apropiado para que me vigilen. Esta costumbre de controlar mí entorno se ha convertido en un tic, como el de arrancarme los pelos del bigote. Pero me juego algo, a que, mientras sepan que mis hijos continúan en Madrid, no lo harán. Luego, para *ellos*, será tarde.

No va a resultar fácil escaquear dos familias completas; pero si ellos tienen sus trucos, yo también conozco unos cuantos, y he tenido mucho tiempo para prepararlos. Después…

Por otra parte, mi cara es excesivamente conocida a nivel de las fuerzas de seguridad, como para intentar huir. Y, ante todo, valoro demasiado mi dignidad para acabar como un cobarde.

Lo que si voy a hacer es dar un ligero rodeo hacia La Plaza Mayor, para no pasar por delante de mi antigua comisaría. No tengo ánimos para estirar el cuerpo, echar hacia atrás los hombros, y agilizar mis pasos. Hoy no.

Meses después...

— ¡Me estoy enfadando y vais a cobrar! ¡Es posible que os estéis quietos! —grita la madre histérica.

«La voz sale de la garganta de la mujer en un tono agudo, precursora de malos presagios, pero a pesar de eso, los dos chicos mayores y la niña pequeña, continúan dándose empujones y codazos para lograr ir en el lado de la ventanilla. El otro está ocupado con trastos.

El largo viaje en tren que les espera hasta llegar a Zaragoza, y el hecho de comenzar la odisea tomando un taxi, les excita, impidiéndoles quedarse tranquilos.

La madre termina repartiendo coscorrones a diestro y siniestro; coloca a la niña sobre sus piernas, próxima al cristal, donde ésta apoya la cara satisfecha, tras lanzar una mirada de superioridad a sus hermanos.

Mientras una relativa calma se instala dentro del vehículo, la mujer, con visibles signos de agotamiento, deja vagar distraídamente la mirada por el exterior, hasta que algo la hace incorporarse en el asiento e incluso volver la cabeza hacia el cristal trasero, y permanecer un rato mirando con inequívoca curiosidad. Solo cuando ya no alcanza a ver lo que la interesa, vuelve a su postura anterior.

La fastidia el hecho de no poder comentar con su marido, que va en otro taxi, delante de ellos, con otro montón de maletas y bultos como el suyo, en la vaca, lo que acaba de ver. Mejor, *a quienes ve:*

A la parejita.

No pueden disimularlo. Van mirándose a los ojos con tal fascinación que, si ocurre una hecatombe, a su lado, ni se enteran. Estos dos se dejan al niño olvidado, en cualquier sitio, el día menos pensado. ¡Qué barbaridad! Parece que son los únicos enamorados desde que el mundo es mundo. Pensándolo bien, mi propio marido nunca me mira con esos ojos; ni antes ni después de casados. Sacudo la cabeza en un intento de apartar pensamientos molestos; doy otro coscorrón al mediano de los niños, que me mira asombrado, sin comprender la razón de ese golpe inmerecido, y me sumerjo, de nuevo, en pensamientos menos comprometidos...para mí.

Vaya luto el de ésta sinvergüenza. Ni la muerte del padre, me parece que eso es lo que me dijeron, la impide exhibirse con su amante por la calle. Pensarán que, por ir a un sitio alejado de sus casas, como el Retiro, con el niño de cesto, ya les está permitido todo.

Llevo varios meses sin ir por la arboleda, y por lo que se ve, y por lo que parece, éstos dos, no han perdido el tiempo mientras.

El traslado de mi marido a Zaragoza, me vuelve tan loca de alegría que, durante meses, no pienso en otra cosa. Lo que es a mí, me sacan de mi tierruca y me matan. Soy más mañica que la Virgen del Pilar.

Después de pasar años deseando que le concedan el dichoso desplazamiento a mi marido, para poder estar junto a mis padres y hermanos; sobre todo hermanas, y, tan trastornada de trabajo con los preparativos, la verdad es que he sacado a los niños poco, y menos a sitios alejados de casa. Supongo que esa es la razón de no haber coincidido con ellos.

Visto lo visto tampoco es que merezca la pena.

Si me da la ventolera lo denuncio. No sé el nombre de ella, pero el de él, sí. Como es, bueno ya no, el médico de mis hijos, lo conozco de carrerilla: Jorge Ortiz. Menudo tiparraco. Y eso que tiene, el muy golfo, fama de excelente persona. ¡Caray, si la llega a tener mala!

Lo pienso comentar con mi marido. Es militar y entiende de éstas cosas.

De algo tiene que servir el que se jugara la vida, en el frente Nacional, y que le acaben de ascender a capitán, tan joven, por hazañas de guerra. No sé, pero tengo entendido que éste tipo de líos, está castigado de alguna forma. Seguro que él lo sabe. Como mínimo a ver si se entera el marido de que le están poniendo los cuernos, y por mí, que les metan en un calabozo y tiren las llaves. Gentuza así nos sobra.

¡Bueno! Menuda envidia voy a dar a muchas cuando me vean pasear del brazo de mi maridito. Lo que van a sufrir, todas esas que consideran que valgo poco, que soy bajita, y tetuda. Pues se van a tragar a Pilar y el dicho ese de: "Que la suerte de las feas las guapas la desean".

¡Allá voy!, con tres hijos preciosos y un marido guapo, militar, y que vale un potosí. Seguro que hace carrera.

Espero que, con el lío que me espera, no se me olvide contarle la historia de éste par de adúlteros»

DANIEL — finales de siglo.

«Nunca he podido entender cuál es la razón por la que mi madre, según nos dijo, comenzara su diario cuando se casó con Jorge. De su vida anterior nada: ni una palabra.

Desde que tengo sentido común, soy consciente de que mi padre no es Jorge, aunque en todos los sentidos, para mí, siempre lo ha sido. El mejor de los padres y el más querido. Somos varios hermanos y hermanas, cinco concretamente, y puedo asegurar que nunca le he visto hacer ningún tipo de distinción entre nosotros.

Ninguno ignora que nuestra madre ha estado casada anteriormente y que, de ese matrimonio nazco yo, pero de esa persona, de mi verdadero padre: el biológico, jamás se habla en casa.

Me entero, poco a poco, a través de comentarios, imprudentes, de los criados que cuidan del enorme chalet que hace construir Jorge, en una de las urbanizaciones más elegantes de los alrededores de Madrid. De cosas insignificantes para un adolescente, cosas, a las que, siendo muy joven, no das demasiada importancia, como que mi padre fue un hombre muy culto, o de otras que ya no lo son tanto, como que también ha estado casado anteriormente.

Fue empresario y, algo más llamativo para mí, un hombre muy guapo, según una señora que conoció a papá el día de la boda de ambos, y a la que encontramos en un comercio del centro, para desdicha de mi madre, que me obliga salir de allí, en cuanto consigue excusarse correctamente, como alma que lleva el diablo. Jamás escucho nada, ni logro sonsacar nada a Paco ni a "tata" Carmen. Hasta que la edad les impide seguir cuidándonos, vuelcan todo su cariño en mí, como antes lo depositaron en Jorge, y después en mi madre y hermanos; pero de su boca no sale nunca algo relativo a mi auténtico padre. La lealtad, supongo, les hace formar parte del complot del silencio.

Solo sé que mamá y él estuvieron muy poco tiempo casados, ya que un accidente en el Metro de Madrid le hace perder la vida.

Yo, lógicamente, no conservo ningún recuerdo de él, era un bebé cuando muere, pero las fotos de su boda, ¿presuntamente?, se pierden en el traslado al nuevo domicilio y de forma, inexplicable, nunca se logran recuperar. Todo se confabula para hacerme olvidar que he tenido un padre *antes* de Jorge.

Una cosa llama la atención a mis hermanos y a mí: De todos nuestros amigos y compañeros de colegio somos, con diferencia, los que sumamos más desgraciados accidentes en la familia.

Yo soy el que siempre gano: Abuelos y padre. Imposible superarme. Los otros niños me miran con una gran duda en sus ojos: ¿me tienen que envidiar o compadecer? Llegamos a tal punto que hacemos alarde de ello, hasta que la más elemental prudencia, según maduramos, nos hace comprender nuestra estupidez.

Delante de mamá, ya se sabe: hay otro tema tabú. La adoración sentida hacia sus padres es extraordinaria y hablar de su muerte le causa un dolor enorme que se refleja en su cara, y eso, muy pronto, nos convence de la inconveniencia de hacerlo.

Mamá nos deja dos legados preciosos: Su enorme alegría de vivir y su amor a la música. Llega a ser considerada una magnífica concertista de piano y nos empapa a todos de su gran pasión. Invariablemente confiesa que es una deuda que contrajo con sus padres. Que nada, absolutamente nada, la hubiese impedido pagarla. Lo sé; Dios creó una mujer capaz de todo.

Estoy, como siempre, convencido de que nunca voy a conocer lo que esconden los silencios de mis padres, pero me equivoco.

Hoy, por desgracia, me entero de la razón de tantos misterios, en una familia, por otra parte, tan clara y abierta como la nuestra.

No soy un niño, ni tampoco imbécil, para ignorar que éste momento, antes o después, debe llegar, pero el dolor es igual de fuerte. No hay preparación posible para la muerte de nuestros progenitores, por muy natural que sea el que se nos adelanten.

Hace unos días enterramos a papá, aunque su muerte, en realidad, se produce cuando el repentino fallo cardiaco de mamá se la lleva lejos de nosotros, a un lugar del que nadie vuelve, y al que aspiro a ir cuando me llegue el momento.

Juntar de nuevo a mi familia; la que estoy empezando a formar y la que afortunadamente Dios me regaló, es uno de mis mayores deseos.

Mis hermanos, delegan en mí todos los temas relacionados con nuestro patrimonio, unos, porque se consideran, aún, jóvenes e inexpertos; otros, con la excusa de que soy el abogado de la familia.

Desean que sea yo el que me haga cargo de todo lo dispuesto en el testamento de nuestro padre, así que, con el pulso tembloroso, esta mañana abro la caja fuerte del despacho para examinar los papeles, joyas y cosas de valor que se encuentran dentro. Ninguno de ellos quiere intervenir. Confían en mí incondicionalmente, y tienen una desmedida convicción en que mis criterios, con respecto al reparto, van a ser equitativos.

Están convencidos de que he heredado, aunque no sea su hijo biológico, la honestidad y el carácter altruista de papá. Es la mayor alabanza que me pueden dedicar, aunque creo que no es tan justa como lo era en su caso.

Lleno la mesa del despacho de papeles, clasificándolos ordenadamente, según su importancia y prioridad, cuando, al llegar al fondo de la caja, encuentro un sobre *dirigido a mí*, con la complicada caligrafía de mi padre, con la clara instrucción de abrirlo, *únicamente*, en el caso de que, faltando él, mamá se enfrente a un incidente de carácter penal.

Me siento tan sorprendido que tardo en superar la sensación de desconcierto.

De repente el sobre arde entre mis dedos, y, según lo observo con estupor, parece tener vida propia y decirme: ábreme, está a tu nombre. *Es tú última oportunidad de saber.*

Solo que obvio, el pequeño hecho, de que mi madre está muerta, y que, por lo tanto, las razones por las que se la quisiera inculpar, improcedentes.

Dudo. Por dos veces mis manos inician el gesto de rasgar el sobre, pero no lo consigo. Es superior a mis fuerzas. Incluso considero la posibilidad de volver a ocultar, y reflexionar con sensatez sí es conveniente, *para mí*, leer los dichosos pliegos, que se adivina que se esconden dentro de su corriente envoltura. Pero es inútil.

Mis hermanos se sentirían defraudados si ven que, tras una pequeña vacilación, rasgo el vulgar sobre con ansiedad.

Toda una vida sin saber nada de un pasado, que también me concierne, me lleva a transgredir una norma tan sagrada como esa.

Que me perdone Dios y tú, Jorge, pero sé, instintivamente, que dentro voy a encontrar la clave de esa parcela oscura de mi vida. Unos acontecimientos que, creo o quiero creer tener, todo el derecho de conocer. Necesito estar al corriente de algún dato o sostener una foto en mis manos, del ser que me ha traído al mundo; algo que me pueda acercar y, sobre todo: saber más de él.

Pero, he de reconocer, que lo que se indica en el sobre, del tema relativo a la justicia y mi madre, me produce la misma curiosidad o más: ¿De qué se podría haber acusado a mi madre?

El sobre, bastante abultado, contiene otro, con tan solo un nombre propio: Bonifacio, destacando con tinta un poco descolorida sobre el blanco amarillento. El nombre de un desconocido; como si mi curiosidad no se quisiera ver castigada y me fuera concedido un tiempo extra de reflexión para enmendar mi pecado.

Las primeras líneas de mi padre son para prevenirme de que, de no darse las circunstancias, indicadas por él, no siga leyendo. El contenido de esos documentos, de hace tantos años, me puede causar un daño atroz, que aún puedo evitar.

No hago caso. Al contrario, solo sirven sus palabras para espolearme más. ¡Maldita estupidez la mía!

Nunca voy a poder olvidar, el horror de lo que las páginas escritas describen:

A mi padre; a mí auténtico padre.

Leo los papeles que contiene. Los leo y los releo, incansablemente, hasta que llego a la conclusión de que nunca puedo volver a ser, ni la misma persona, ni tan feliz como soy, hasta éste preciso momento, gracias a la ignorancia, en la que, durante toda mi vida, con tanto cariño, me sumen mis verdaderos padres. Siempre voy a arrastrar la losa del siniestro pasado de un hombre como ese. Incluso, no puedo evitar pensar, si algo de su bárbara condición infrahumana, no se proyectará en algunos de mis descendientes.

Soy un soberbio, al no considerar que Jorge, una vez más, sabe lo que hace, cuando escribe éstas palabras y me recomienda que no lo lea.

Lo siento, pero ha sido, para mí, como la fruta prohibida del Paraíso. También peco como Adán y Eva.

Y yo, ¡idiota de mí!, que durante años construyo una historia romántica sobre el tremendo amor de mi madre hacía mi verdadero padre, y su incapacidad de querer recordar nada de aquellos años tan especiales.

Una vez más, queda plasmado el gran amor de Jorge hacía mamá, y cómo quiere protegerla, incluso después de una posible muerte prematura de él.

A lo escrito por ese hombre, Bonifacio: un informe sobre, como una persona de nombre Javier, al que repudio y del que abomino como hombre y como progenitor, se unen unas páginas manuscritas de Jorge, mi padre; el hombre con el que acabo de contraer la mayor deuda de amor de mi vida, incluso encontrándose muerto, en las que relata, concisamente, sin recrearse, la realidad de lo ocurrido desde que conoce a mamá, hasta lo que verdaderamente sucede en la estación de metro:

De cómo es Bonifacio el que mata a mi padre, y, cómo, desde entonces, él, Jorge, no puede evitar vivir con el miedo de que la desgracia se cebe de nuevo con mamá, y la culpen de algo de lo que es inocente... casi por casualidad.

Me deja instrucciones sobre cómo poner, en caso de la más absoluta necesidad, todo lo relativo a los asesinatos de mi padre en conocimiento de la policía, y de los maltratos a los que se ve sometida mi madre por él.

También incluye una declaración, en la que se manifiesta culpable del homicidio de mi padre, al conocer su monstruosa trayectoria como asesino, y ante el temor de que mate a la mujer, de la que está profundamente enamorado... en la distancia.

Incluso de una acusación de probable adulterio la quiere salvar, reconociendo que, hasta después de cometer el asesinato de mí padre, no intenta conquistar a mamá.

Que soy yo, el inocente artífice de sus frecuentes encuentros, el que logra que mamá vaya gradualmente confiando en él. Si al final lo consigue es por el único y exclusivo mérito de ser mi pediatra. Poco a poco, gracias a su perseverancia y a la tremenda soledad en que se ve envuelta, logra que se enamore de él.

Por poco se disculpa por conseguirlo. De no haber sabido el asombroso e incondicional amor de mi madre hacia él, rayano en la adoración, casi me convence de haberla seducido, prácticamente, con malas artes. Todo, incluso denigrarse a sí mismo, por ella.

Ese sobre, con todos los datos que contiene, ha estado en poder de un notario, hasta mi mayoría de edad, fecha en la que mi padre decide trasladarlo a casa.

*Nunca, insiste, nunca, consientas que mamá, salvo que te veas precisa-
do a ponerlo en conocimiento de la policía, esté al corriente del contenido
de estas hojas. La mataría saber que su primer marido, tu progenitor,
dejó un reguero de muerte tras él y, en especial, que mató a dos de sus seres
más queridos: sus padres. Pero a ti no te puedo ayudar. Ya las has leído.*

*Has llegado tan lejos, en la lectura del reguero de muertos que deja tras
él, tu monstruoso padre, que te informo que, incluso tú, pudiste formar
parte de éste desgraciado número, no por su propia mano, sino por el
lavado de cerebro al que indujo a Eva, mi Eva.*

*La vuelve tan loca, que, aterrada por haber roto el trato de no que-
darse embarazada, quiso deshacerte de ti, al poco tiempo de concebirte,
saltando repetidas veces, desde la mesa de la cocina, al suelo. Tan solo
un resto de cordura la hace darse cuenta de su tremendo error. Pero un
último consejo: no te dejes equivocar por éstas líneas. Si analizas bien a
tu querida madre, y no te dejas llevar solo por tu estricta conciencia, que
te puede limitar el ver algunas cosas como en realidad son, en su momento, y no como las debes ver ahora mismo al darte a conocer su intento
de aborto: tú aborto, el resto, el que te convirtieras en su hijo favorito, lo
conseguiste, tú solo, por méritos propios.*

*Te quiso por encima de tus hermanos, e incluso de mí. He de reconocerlo.
Y sabes una cosa, nunca tuve celos de ti. No es posible tenerlos de un ser
al que adoras... También eras mi niño preferido.*

*Te he querido de una forma tan especial... y siento enormemente que
una negligencia mía te haga tanto daño, Daniel. Si he cometido un
pecado ha sido quererte más, mucho más, que a mis propios hijos, pero
no lo he podido evitar.*

*Ellos nacieron con todo: unos padres que se amaban profundamente y que
los querían sin límites. Lo intenté: quise quererles igual, sin conseguirlo.
Tú pudiste no tener nada... Tan solo eras un bebé indefenso, y eras parte
de... ella. Una parte muy especial de la que no habría podido prescindir.*

Perdóname. No te imaginas cómo lo lamento. He sido un cobarde al no destruir éstos documentos, pero siempre he considerado que podrían servir para protegeros… a los dos.

Un fuerte abrazo, mi muy querido hijo. Mamá y yo te esperaremos, … aunque tardes una eternidad»

*Intuitivamente sé que no quiso destruirlos por miedo. Miedo a que otros nos pudieran hacer daño a mamá y a mí. Yo creo que verdaderamente no lo destruyó, por la adoración que sentía hacia su gran amor, **Eva… y su hijo: yo»***

Cuando, cierto tiempo después de la muerte de Javier, Eva y yo nos podemos reunir de nuevo, hacemos un juramento conjunto que yo no soy capaz de realizar: Nos comprometemos a no construir nuestro futuro sobre un cúmulo de falsedades, y ella, Eva, más honesta que yo, sí lo cumple.

Llevada por su amor hacia mí y hacia la verdad y reclamando su derecho a un futuro sin cimientos falsos, me confiesa todo: desde cómo su marido la maltrata ferozmente durante el matrimonio, pasando por su intento de aborto, hasta la manera en que aterrada por un futuro sin la menor esperanza, decide matar a tu padre… sin ser capaz de llevarlo a cabo.

En el fondo de su alma siempre vivió, hasta el último día de su vida, convencida de que nos ha fallado a los dos: a ti y a mí. De que su pasión hacía nosotros había podido menos que sus convicciones morales. Aunque parezca una incoherencia, ella, Eva, sintió que nos traicionaba a ambos.

Yo, por mi parte, cuento la forma en que la conozco: a través de una ventana de mi salón, mi gran aliada durante la larga separación que nos es impuesta por el duelo de la muerte de un ser detestable y maldito. Cinismo, cinismo e hipocresía, pero nos encontrábamos caminando, los dos, por una cuerda floja, que nos podía conducir al rigor de la justicia y a la muerte por asesinato. Alejamiento tan solo atenuado por las infrecuentes visitas de tu madre, cuando te llevaba enfermo a tu querido pediatra.

Se trata de una época muy dura para todos nosotros. Incluso para ti, que te ves involucrado en el terror que emana tu madre por un pecado, deseado, pero no cometido, y, en la densa y oscura tristeza, en la que yo me encuentro sumido.

Por eso, cómo no quiero cometer la misma equivocación dos veces, ni siquiera después de muerto, y como has leído el informe que Bonifacio redactó sobre tu padre, creo que es mi deber añadir los errores que tu madre y yo cometimos antes de casarnos. Espero que sepas perdonarnos.

Hay algo de lo que no me voy a arrepentir jamás y es de haber tenido la oportunidad de amaros tanto.

Antes de irme a mi propia casa recorrí despacio, una a una, con infinita curiosidad, como si no fuera el *hogar* donde me había criado y que había ocupado hasta mi edad adulta, todas las habitaciones vacías, recordando detalles olvidados, por tan vistos; recreándome en el tacto y los olores de telas, mármoles, y tomos de libros; viejos conocidos vistos desde otra perspectiva, la de unas personas que le crearon, que le dejaron adquirir vida propia, y que le hicieron tan cálido y tan bello.

Dejé a propósito el dormitorio de ambos, que fue la caja de resonancia de tanto amor, para el final. Fue como un ritual.

Cuando cerré la puerta exterior del chalet, lo hice con sumo cuidado. No quería molestar a los espíritus de mis padres.

FIN

Madrid, 13 de junio de 2.017

CPSIA information can be obtained
at www.ICGtesting.com
Printed in the USA
BVHW050151240622
640578BV00009B/28